網海遊蹤

張如漢 著

耕雲種月

壬辰年春月 張山濤

一元復始，這是馬英九總統100年春節的紅包。

參觀廈門南普陀寺。

在廈門看見這麼大的仙人掌。

廈門要塞砲台。

福建的客家土樓。

這裡可眺望浪漫三亞的美景。

三亞名勝鹿回頭，流行著一段古時候美麗動人的愛情故事。

「非誠忽攪 2」電影場景之街道。

遊海南島博鰲的玉帶灘。

夏日賞荷。

金車蘭花園。

背景為蘭陽博物館。

台塑企業文物館的「奇木精髓」有五萬年以上，重8.5公頓，現在仍具生命力。

菌寶貝博物館珍藏的珍寶。

過8・8節快樂的日子，想起前一年，有大官為慶祝8・8節而丟掉烏紗帽，可惜。

七十年前在江西贛州蔣經國創辦的正氣小學的同學，在台見面。

友人康生從東京來相聚，前左may張廷錦本人淡水何後排左法香右康生

茶人法香自備茶壺茶杯茶葉，泡三十年包種老茶，讓我們品茶，右吳老師中魚姐左本人前法香。

〔都蘭山〕是原住民的神山。

台北花卉博覽會，驚艷世界。

自序

本書【網海遊蹤】，是繼【網海留痕】之作，二年多來，在我的部落格裡累積文章多篇，選擇其中九十五篇，為本書內容，編為讀書、進德、修身篇，旅遊、參觀、美食篇，雜談篇，另外五篇，發表於「江西文獻」，總覺得敝帚自珍，故附錄於本書內。編為文史篇。對於網友批評指教的回應或留言，不再像【網海留痕】那樣，選擇部分刊出，而全部割愛。

本書旅遊參觀之文，佔了絕大部份。這要謝謝我的兒子張子彥，這幾年來，在假日帶領我和家人去旅遊、參觀很多地方，並尋覓美食。過去亦常到國內、外旅遊，因為本人未建立部落格，因而未寫成文章介紹，感到有點遺憾。

本書沒有選入談論政治的或批評政治人物的文章，純為茶餘飯後消遣之文。並感謝秀威資訊公司及陳宛鈴小姐之協助出版，綦淑媛、許馨鎂二位女士的校對，謹此致謝，以為序。

目次

乙：旅遊、參觀、美食篇

丙：雜談篇

丁：文史篇

「讀書、進德、修身篇」

讀「轉折」

——趙藤雄的人生之路

他說：在他的人生字典裡沒有「逃避」兩個字。我看完了這本書，我認為他的人生字典裡沒有「休閒」兩個字。

趙先生廿四歲北上打拼，迄今四十多個年頭，在三百多頁的書裡，沒有發現趙先生有一天的休閒生活，雖有星期假日，都是到工地巡視。有困難的時候，工作至深夜，開創新事業的時候，不用說一定更加忙碌，那有時間休閒。他創立了休閒事業，並沒有去享受休閒生活。所以，我認為他的人生字典沒有「休閒」兩個字。

從台幣三百元到台幣四千億的趙藤雄先生，以一位初中的程度，竟然懂得這麼多，在建設營造方面，也許他有豐富經驗的累積，可以駕輕就熟。可是在金融保險、空運物流、休閒、巨蛋園區、商務開發……、等，都需要很專業的知識，我看，除了他的智商一百八之外，他一定不斷的學習、不斷的研究。例如；金融保險這麼專業的事業，一夕之間，全部接受過來，對制度的建立，對人事的佈局，幾年功夫，竟然將虧損成為有盈餘，多麼不簡單啊！他的建築事業已經到美國、大陸設點。未來其他企業也可能往海外發展，以便和國際接軌。對於過去四十幾年，所創造、所奮鬥的經歷，一點一滴，都是趙先生經驗的結晶，他毫無保留的要在企業內傳承下去。

從他在這書裡標示了遠雄的未來，就是「要延續事業的發展」。如何才能延續事業的發展，他已經在積極的培養經營的團隊，因為他看到台灣有些企業家，將企業傳給下一代去經營，並不理想，所以，現在他考慮下一代是否有意願？雖有意願，也要考慮其專業的能力，以及是否其有領導的特質，所以，不堅持要將棒子交給第二代。

目前他正在培養人才，觀察同仁，是否具有解決問題的能力，在處理事情時，是否具有分析事情的深度、與廣度及專業度。來培養專業的經營團隊。他選擇人才的標準——不在企業內談感情因素，公私分明。

最後他談到要回饋社會，待退居第二線後，將有更多的時間，投入社會公益，回饋社會。這是國家社會之福，希望更多企業家像趙先生一樣。

本書三百多頁，印刷精美，編排的非常好，只有一個錯字，一個字顛倒而已，真是難得。這本書可作為青年人創業的指南。

99.3.16上奇摩精選

讀「銀髮歲月情趣多」

「銀髮歲月情趣多」一書，是吳東權先生的傑作之一。吳先生的大名，在數十年前，即耳熟能詳，常在報章雜誌上看到他的大作，他的作品很多，真可說是著作等身。

這本書談銀髮歲月的人生生活，自然不適合年輕人看，何況現代的年輕人，真可說是於公、於私，都是不勝的忙、茫。那有時間看這種題材的書。

銀髮族的歲月，可說一年比一年難過，因為同儕的凋零，常跑殯儀館，或者體弱多病，三天二頭跑醫院，或者老本賠盡，（退休金或積蓄，投資錯誤，或為子女用光。）以致整天抑鬱寡歡，想要找伴去旅遊，大家都說走不動了，想找老友喝幾杯老酒，不是高血壓就是心臟病或糖尿病，想找人摸八圈，不是腰酸背痛，就是雙手發抖，很難湊足四人。縱使自己身強體壯，也會覺得生活上缺乏生機，沒有意思。尤其想當年，叱吒風雲，或是風流倜儻，或是辛勤奮鬥，白手起家，如今「此情只待成追憶」了。

本書都是教銀髮族，如何去過很多情趣的日子，很值得參考，如：「靜坐可以養神」「最有雅趣是蒔花」「書卷多情似故人」「萬事無心一釣竿」「珍藏之樂」「練字是藝術體操」……篇篇都是很精彩，都是自己一個人就能做到情趣，不必成雙成對的。不像搓麻將要四人才能玩、飲酒要三五好友、下棋要二人才可下，……等等。

所以銀髮族看了此書，一定會越長壽越快樂。

讀「活出幸福」

這本175頁的書，是慈濟人林幸惠著的，由天下文化出版社出版，於去年（2010）九月出版，短短的三個月，竟印刷五次，可見銷售情況屬於暢銷書之一。

本書內容，分為五個小單元，每一單元有五篇文章，只有第四單元才四篇。

第一單元，用付出清理憂慮，第二單元，用感恩清理執著，第三單元，用正念清理迷失，第四單元，用智慧清理無常，第五單元，用耐心清理煩瑣，另外有一則幸福的十二大心法。

第一篇描寫輔導媽媽帶一群孩子（國中生）去教養院參觀身心障礙而被遺棄的小孩，回到遊覽車上，有小朋友流著眼淚，說：「這些孩子真可憐。」輔導媽媽安撫他們說：「他們可不可憐，我們無法就這樣判斷，但是，你們自己可以體會到自己是不是幸福，所以一定要珍惜自己喔。」另外一位小朋友又說：「怎麼有這樣的爸爸媽媽，將自己的孩子丟棄在這裡？」輔導媽媽就用真實的故事來說明一個媽媽的愛心。這故事是一個家庭出了一位腦性麻痺的孩子，母親如何照顧這位孩子的過程。來轉移小朋友對教養院身心肢障孩子的不幸。

每一篇文章，都有一個真實的故事，不是身心障礙，就是肢體殘障，或其他意外事故造成，或貧或病，或觀念問題，有的在父母細心的呵護下，無論寒冬酷暑，他們都快樂的成長，表現出父母的愛心與耐心，在別人看來，這些身心障礙或肢體殘障的人很可憐，可是他們是感到很幸福呢！有的知道放下，有的追求平安，有的參加慈濟的大愛，奉獻自己，……

所以，很多身心障礙與肢體殘障的人，都能夠自立自強，成為社會上有貢獻的人。有的將臨破碎的家庭，獲得幸福，……總之，個人也好，家庭也好，在人生大道上，要活得幸福。

這本書寫出「活出幸福」種種原因，很值得閱讀，特別推薦給網友，希望社會上看見的，都是幸福的人，幸福的家庭。

我讀「開放的人生」

這本二百多頁的書，是王鼎鈞先生著的，他是一位名作家，寫小說、散文、詩、也有論著，真可說是著作等身。

出版社關於「開放的人生」這本書，敬告讀者：對老年的長者是已知數，對青少年朋友是未知數。所以，年輕人對於人生的意義是什麼？怎樣做人？做一個什麼樣的人？成功的秘密在那裡？我會成功嗎？遭受打擊和挫折時怎麼辦？怎樣化除內心的徬徨苦悶？老一輩的人經驗有用嗎？……提出這一連串的問號。希望讀者能在這本書裡去找答案。

王先生自己說是應中華日報副刊，調劑版面寫的一個小專欄，可是發表了幾篇之後，資深的編輯都說：「最短的文章有最多的讀者。」因為王先生有太多的生活經驗，每一篇都是他的生活經驗的結晶，談到做人的做事的，過去的或未來的，一五一十的娓娓道來，如沐春風，讀後頓覺心地開朗，能夠使自己的人生感到日新又新。

這本書王先生主要還是寫給年輕人看的，讓年輕人早點知道人生的態度，探索、剖析人生問題。就是年長的讀者，也能使自己的生活，得以溫習、修正、淨化自己的人生經驗，使自己心有回甘，胸無遺憾。

總之本書充滿了有關人生修養的書，讀來言簡不煩，筆法變化無窮，既可學做人，又可學作文之書，曾再版二十版之多，故我常放在書桌上，是一本再三讀不厭的好書。

生氣時少說話

生氣時，少說話、少做決定。

朋友寄給我的一封E-mail，其中有二句話，我想非常值得每一個人警惕的，就是「生氣時，少說話、少做決定。」

「生氣時，少說話、少做決定。」這是一位企業家，在退休時所說的。他一生經營企業，都是競競業業，按部就班的，所以業務蒸蒸日上，幾年後，他退休了，在同仁為他舉辦的茶會上，有記者問他：「你幾十年來成功的秘訣是什麼？」

他說：「其實我沒有什麼特別的秘訣，我之所以能順利，是因為我懂得在憤怒的時候，少說話，少做決定，所以我不容易把事情做錯。」

他這短短的幾句話，卻讓在場的許多人，上了重要的一課。每個人冷靜地回想自己，過去在生氣時，曾出現的情緒、念頭，或觀察一些他人在盛怒時，就會發現一個共通點，就是：「生氣時，智商只有五歲。」不論一個人現在年齡幾歲，當他在氣急之時，其思慮的不成熟，情緒一發不可收拾，語言不知節制，面貌之失態等等，彷彿就像一個五歲的孩子一樣地不成熟。

當一個人在生氣時，他的智慧、EQ、儀態，都會大大地退化，乃至講出的話，所做的決定，往往都會把事情搞垮。

誠如那位退休的企業家，他之所以能夠一路平穩、順利，不在乎他有什麼特殊的手腕，那是他懂得在憤怒時少說話、少做決定，所以，他不容易出錯。我們每個人都期待自己的人生，能更平順、更少出錯。隨時提醒自己，人在生氣時，智商只有五歲。

我們一起來學習，在盛怒時，少說話，少做決定，以免壞了全局，而後悔莫及。

資料來源：來自e-mail

宰相肚裡能撐船

傳說滿清時代，有一位姓張的，在京城當宰相，有一年，家裡修建房子，因為和鄰居姓方的，為了一道牆的土地問題，爭執得非常利害，大家互不相讓。姓張的以為自己在京城有人當宰相，但是，姓方的，在本地也是大戶人家，也不怕什麼宰相不宰相，就是不肯妥協。於是姓張的家人，寫了一封很長的信，將事情的經過，向宰相說明，要他出面處理。

當張宰相接到家書打開一看，原來為了一道牆的土地問題，於是張宰相寫了一首詩作為回信：「萬里家書為土牆，讓他三尺又何妨；長城萬里今猶在，不見當年秦始皇。」張家的人接到這封信，打開一看，原來是這樣的一首詩，張家就不再和姓方的爭執了，就將地界退讓三尺，方家見張家退讓三尺，覺得不好意思，也主動退讓三尺，因此成了六尺寬的巷子，皆大歡喜。

張宰相這種寬宏大量，不依權勢凌人的風度，令人欽佩。真希望我們社會上，大家都有這種雅量，我相信立法院就不會打架，發生流血衝突了。所以，形容一個人的度量很大，包容心很廣，而有俗語：「宰相肚裡能撐船。」這句話。希望大家的肚裡都能撐船。

寒山拾得問答

——禪言粹語

寒山問：世間有人謗我、欺我、辱我、輕我、賤我、騙我、如何處治。

拾得答：只有忍他、讓他、避他、由他、耐他、敬他、不要理他、再過幾年你且看他。

一個人的修養，能夠做到如拾得講的那樣，縱使不是聖人，也是賢者。凡人能做到的？幾稀！

不過，我們凡人，總得銘記在心，盡力而為。

寒山和拾得二位老人

人生無處不相逢

那天的飯局，只知道我們江西省有人來台灣旅遊訪問，請我去當陪客而已。我總以為像往常一樣的，有省政府高級領導人來訪問，在台的「中華江西省旅台同鄉會總會」會長黃玠，請他們吃飯，表示歡迎。其他一切都在狀況之外。到達宴會地點，才知道贛州市有幾位老人來【圓夢之旅】——就是這一生能到台灣來看看。

餐會開始前，大家互贈紀念品，他們送我們每人一本「蔣經國與正氣師生」的書，編者叶若青先生介紹本書的大概內容，我一聽，驚覺到我們都是正氣小學的同學呀！當年大家都是十多歲的小毛頭，如今，大家都已白髮皤皤，八十多歲的老人了。真是「光陰者，百代之過客，如浮生若夢，……」此刻相聚，相隔七十多年，豈不是光陰似箭？浮生若夢？

事先坐位的按排，剛好我們四位同學坐在一起，這是多麼的巧合呀！所以就有談不完的話題。我們這種年齡，當年能到外地讀書的，家裡應屬小康，自大陸變色後，所受到的清算鬥爭，其辛酸不用多言，直到現在，對共產黨那時候的作風，非常厭惡，至今未曾稍減，如今天的中共，雖非民主體制，亦非昔日之統治作風矣。

談到來台，仍然一波三折，手續之繁，時間之長，非身歷其境的人，無法理解。他們經香港轉機，沒有享受到直航的便捷。來台一週，除了看到台灣的湖光山色之美，更欣賞到台灣的民主與自由，一直誇讚我的命好，能夠來台，享受到他們夢寐以求的生活。

人生無處不相逢，相逢恰似在夢中，所以為人處事，要厚道一點，不要為所欲為的賤踏、羞辱別人，以為這輩子不會再見了，可是山不轉，路會轉呀。最好做到謙，才受益，溢就會損啊！

老天爺的厚愛

【得饒人處且饒人】。

我過去也是摩托車族，遇到狹小的路，讓別人先行通過，有的人還表示謝意。所以騎摩托車，我算是很小心的人。自己的小心，但是別人大意，一樣出車禍啊。

我曾經被酒駕的朋友，在紅綠燈的十字路上，被一輛闖紅燈的汽車攔腰撞上，摩托車倒在汽車前面，我則倒在汽車的引擎蓋上，他們停下車，將我扶下來，我對他們說：「老兄：我和你無冤無仇，為什麼要撞我？」然後聽到的就是一連串的對不起，接下來的就是送我回家，問東問西的，問我那裡不舒服，要不要到醫院？馬上叫摩托車行來牽車子去修。酒駕的朋友是高雄來的，車子是本地的年青人，他竟跪在我面前，叫我老師，要求我不要報警，否則會被老闆開除，我的天呀！說我在某學校教的學生，三十幾年了，又沒有經常往來，我那會認識？要報警？不要報警？當時我的身體並沒有什麼不適，將車號、駕駛的姓名電話地址留下，暫不報警，讓他們離去。

過了一會兒，突然想起打個電話，看他們是否真的酒醉？結果電話是空號，再請友人去看這地址，又是找不到這門牌號碼，真的他們酒醉了，連電話及地址寫的都是假的。好在記下車號，這樣不得不報警了。報警後不到半小時，警察找到這部車子，當然將他們帶到我家，又是一連串的對不起，他說是高雄來的，對那地址和電話不太熟悉，所以寫錯了，又上演一次跪地求饒的鬧劇，我這次無動於衷，警察先生在等得不耐煩了，說：「你們和解或不和解，決定後告訴我。」警察一走，自稱我學生的太太也帶著幼兒來到我家，又是和他先生一樣跪在我面前聲淚俱下的說：「請老師看在小孩子這麼小，寬恕我先生吧！」我好像鐵了心，「請你們回去吧，我不能再受騙了。」說完我上樓去了。

可是他們並不離去，將求饒的對象轉向我太太，婦人之心終告軟弱，於是由我內人到樓上求我原諒他們，說什麼「得饒人處且饒人，算了吧！反正自己連皮肉之傷都沒有，讓他們回去吧！一直跪在那裡也不是辦法。」老婆都為他們求情，我還有什麼話好說呢？這場車禍就這樣結束了。

這位酒駕朋友是從高雄到××ＫＴＶ整修音響的技師，有一天我和朋友到那裡休閒，他看到我和友人進入某包廂，馬上叫服務生送一打啤酒來給我，待我知道後，立即退回。我們結帳時，他竟然替我們先付，我堅持不要他付，我們自己付帳後，揚長而去。直至今天，我都未曾見過他們了。

老天爺對我太好了，這麼嚴重的車禍，我竟然毫髮未傷，也沒有留下什麼後遺症。摩托車行的老闆說：「車子的底盤都歪曲了，撞得這麼重呀！」

當天晚上我將經過，大略的記載在一張照片的背面，如今翻開照片一看，記憶猶新，真是感謝老天的厚愛，以及祖德的庇佑。

【得饒人處且饒人】，老天爺會厚愛的。

手掌向下的人

數十年前，我還在工作的時候，記得有一次參加一個宗教性質的集會，主持人講了一個小故事，是人生的輪迴，使我印象深刻，記憶猶新。

他說：「在陰間的鬼魂，要投胎再世的時候，都要參加一次考試，這項考試，可能投胎到人間之後，對於榮華富貴，或販夫走卒的選擇，有決定性的。」主持人繼續的說：「有一位鬼魂考試時，主考官問他，『你投胎到人間之後，你喜歡做一個手心向上的人？或者手心向下的人？手心向上就是別人拿東西給你，手心向下，就是你自己拿東西給別人。』當他聽到這個問題之後，立刻想到，做了大官，很多人都會逢迎拍馬，都會送很多東西來，當然要別人拿東西給我比較好，做一個手心向上的人。於是，他不假思索的回答主考官說：『我要做手心向上的人，我喜歡別人拿東西給我』。主考官聽了之後，馬上派他去投胎，到窮鄉僻巷的一戶貧窮人家。

這個鬼魂投胎出生後，數年光景，在幼年時就雙親亡故，沒有留下絲毫遺產，又無親朋戚友接濟，於是生活成了問題，年幼無法維生，只好流浪到街坊、或其他村莊，去向人乞討剩飯殘餚度日，天天過著別人送東西給他，做個心向上的人。」

主持人講完，問大家：「喜歡做一個手心向上的人或做一個手心向下的人？」與會的人大家都很大聲叫「要做手心向下的人。」大家熱烈的鼓掌，笑聲滿堂。

朋友，我希望生長在台灣的人，大家做一個手心向下的人，阿彌陀佛。

乙

旅遊、參觀、美食篇

參觀留園

今年年初一參觀這座名園。

在蘇州精緻的園林，即是中國四大古典名園之一的留園。

留園，是中國古代的建築藝術與山水花木融為一體，園中奇石遍佈，配以亭台、古木，十分精巧秀麗。

明朝嘉靖年間，太僕寺少卿徐泰時，罷官回到蘇州，從此不問世間事，專心治理園圃，他邀了當時的疊石名人，為其設計建造了一座私家園林。園內遍植各類松竹花木，有池塘二畝，清澈鑑人，其中有一著名的太湖石，名曰；「瑞雲峰」。相傳是北宋花石綱遺物，被認為「妍巧甲於江南」。此石原為湖州董氏所有，後來董徐二家聯姻，董家將「瑞雲峰」作為嫁妝送與徐家，徐家放置於東園，清乾隆年間，移置蘇州織造署內，徐家時去逝後，東園漸廢。

到了清嘉慶年間，劉恕在東園原址上，修復和改建，重新命名「寒碧莊」，又名「花步小築」，俗稱「劉園」。

劉恕酷愛奇石，所以園中置奇石十二峰，名為：奎宿、玉女、箬帽、青芝、累黍、一雲、印月、指袖、仙掌、干宵、一時傳為佳話。在道光三年，此園開放，供大家觀賞，一時門庭若市，極為轟動。

咸豐年間，時值太平天國戰亂，劉園漸漸荒廢，到了同治十二年，此園為常州人湖北布政使盛康購得，對園內大加修復，將「劉園」改為「留園」，取長留天地間之意。

後來盛康之子，盛宣懷流亡日本，留園逐漸衰敗。

古往今來，留園幾度興衰，惟結構嚴謹，庭院幽深，樓閣錯落，疏密有緻，居蘇州諸園之冠，再配以獨具風采、奇峰異石，不愧為江南園林藝術之傑出典範。

參觀蠡園

春節期間，除了在蘇州參觀了留園之外，又在無錫參觀了蠡園。今簡介蠡園於後：

蠡園，雖非中國四大名園，但其風景的美好卻非常有名。它座落在無錫市郊青祁村，地處風光秀美的蠡湖之濱，是太湖的主要景點之一，蠡湖原名五里湖。因二千多年前的春秋戰國時期，越國大夫范蠡，助越滅吳後，功成身退，與西施曾在五里湖泛舟逗留，後人便把五里湖稱為蠡湖，民國初年，青祁村人在此興建青祁八景，號稱山明水秀之區，後來有商界人士王禹卿，仰慕范蠡之為人，而興建蠡園。

該園三面環水，遠眺翠峰連綿，近聞長浪拍岸，南堤春曉，桃紅柳綠，枕水長廊，假山聳翠，曲折盤旋，盡顯山水交融，假山真水的無限情趣。

蠡園佔地甚廣，園以湖名，湖因園勝。錯落在綠樹花影中，散發出水鄉園林的風姿。

遊覽蠡園有三個部份，一、中部有假山群，二、西部有湖濱長廊及四季亭，三、東部有長廊湖心亭及層波疊影，行走在園區，有千步長廊、曲岸枕水，移步換景，可讓人領悟到「山水照檻水繞廊」的意境。

不像過年的年夜飯

今年過年地點，在大陸的蘇州。

除夕當天，我們乘長榮的直航班機前往上海，又快速又方便，一時多到達，即展開觀光景點參觀。然而，想到以前到大陸，要從香港或澳門轉機，又花時間又累人，出關入關更麻煩，不得不感謝馬政府的上台、否則，那有今天的便捷。

晚上七時多，到蘇州有名的「吳地人家」紅樓風味人家餐廳圍爐，餐廳雖然很大，但是吃飯的人，實在太多，秩序有點亂，我們的領隊和大陸的全陪，以及蘇州的地陪，他們衝鋒陷陣的在大餐廳裡眼觀四方，看那一桌吃完要離開時，他們立即前往佔領桌子，然後招呼我們就坐，其中觀光團比較多，本地人在餐廳圍爐的也不少，有五十張桌子的餐廳，擠得水洩不通，上菜時，我們的領隊及導遊，還臨時客串跑堂，幫忙端菜。按一般常理，我們吃飯開動了，領隊、導遊、駕駛，就在餐廳另外的地方用餐了。如今卻成為跑堂的幫手，生平還第一次看到呢！

我們的菜色都是紅樓夢裡富貴人家吃的，例如：賈府四味冷碟、寶玉醬油蝦、熙鳳糖醋排骨、巧姐京醬肉絲、迎春私房栗子燜雞、可卿巧做糖醋魚塊、湘雲百什盆、姥姥三鮮鴨血湯、妙玉細點一道、妹妹碧綠時蔬等，另有酒、飯、水果、飲料等，算是蠻豐富的，我們同桌的人也舉杯互相恭祝新年快樂。

什麼都有第一次，連吃年夜飯也要衝鋒陷陣的去佔座位，今年是頭一次，以往過年圍爐，在台灣到餐廳圍爐，或在國外其他地方過年圍爐，都是輕輕鬆鬆，在餐飲中，有舞獅的來拜年，鑼鼓喧天的好不熱鬧，送上紅包大人小孩都很高興。有的打扮成財神爺，帶金童、玉女、到每一餐桌來恭喜發財，紅包拿來。也蠻有過年的味道，唯有今年過年圍爐，出呼意料之外，不但沒有舞獅的來拜年，連財神爺也不來報到要紅包了。所以，今年的年夜飯，不像過年囉！

辛卯年遊廈門

除夕上午，在中正機場乘華航班機直飛廈門，大家在地圖上看，台北直飛廈門，經過台灣海峽，最多一小時就到了。實際上是繞道經過澎湖，再到廣東汕頭、然後北上飛廈門，等於繞了一個大彎（因為我和我內人坐商務艙，在坐位前的螢幕上看得很清楚。）。與地圖上的直航多了一半多航程，時間多一小時左右，不過飛機沒有降落而已，這也叫直航？

到達廈門，下午即參觀鼓浪嶼，渡輪一趟載運數百人，十分鐘一班，因距離不到一千公尺，航程只有五分鐘而已，算是很方便，為什麼不建橋樑或海底隧道的理由？我實在想不通。怕參觀人數太多？怕汽車污染空氣？或者治安方面？這不能算理由，這些都可控制的呀！

我們真的來去匆匆，短短的二小時，當地導遊就把我們擺平，真的能參觀什麼？最主要的景點，如鋼琴博物館，陳列最古老的和最新的鋼琴，進去走馬觀花的幾分鐘就走了；日光巖的景點，有纜車登上，可窺看鼓浪嶼全島的風光；也有百鳥園，飼養上千種鳥類；還有菽莊園……等景點，最馬虎的參觀也得一天，其實二天也參觀不完。這些景點都沒有去參觀，就帶我們返回廈門，去參觀下一個行程—南普陀寺。

我們到達南普陀寺，因為是除夕，寺廟提前禁止入內，才四點多鐘，當地導遊帶我們去參觀在普陀寺旁邊的廈門大學。我的天呀！他把我們當成文教考察團，在廈大校園走一圈，還不如我們的台大或清大的校園呢？第一天的行程就這樣過去。

除夕晚上，就在飯店看春晚節目，兼守歲。

參觀廈門南普陀寺

據導遊介紹，廈門南普陀寺，是千年古剎。是全中國最富有的寺廟之一，是福建乃至全國聞名的寺廟。位於廈門五老峰山下，就在廈門大學旁邊。背依秀奇的群峰，面臨碧澄海港，風景絕佳，所以在宋代初期，即有高僧在此結盧梵修，經過明代的擴建殿堂，規模初具，一直到清初又開始重建，才改為【南普陀寺】。

除夕下午去參觀該寺，被拒於寺廟之門外，不過也看到了平常廈門看不到的，那就是有一群丐幫，男女老少都有，雖然所有乞丐，都擺出了極為可憐的姿態，但是，所有觀光客及進香的客人，都不敢施捨一絲一毫，不但有導遊提醒我們，更有過去在大陸旅遊時被乞丐包圍的經驗。

年初一再度駕臨該寺，遊覽車沒有辦法再開到停車的地方，因為年初一，到寺廟上香的民眾以及觀光的人太多了，我們也下車跟著大家慢慢的走到寺廟，還得購票才能進去，在人山人海之中，隨著人潮擠進去，還看不到菩薩，只好雙手合十向菩薩的方向遙拜，算是誠心誠意來膜拜了。

台灣和大陸不同的地方之一，就是到寺廟拜拜，在台灣，我沒有看到過要買門票才能進去，在大陸，稍有名氣的寺廟，都要買門票才能入內。難怪，南普陀寺是最有錢的寺廟之一。

參觀福建客家土樓

福建的客家土樓，在2008年七月，有初溪土樓群、洪坑土樓群、高北土樓群、衍香樓、振福樓，都被聯合國列入世界文化遺產。

據導遊的介紹，土樓之美，是美國人發現的。當時美國的衛星繞經福建地區，照片上顯示有圓圓的東西，疑似核子飛彈基地，於是秘密的派情報人員來調查，情報人員將這些土樓拍成照片、錄影帶給美國大官觀看，這虛驚的一場成為莞爾一笑。

於是建築師就去研究，用生土建築的技術和它的結構，圓樓、方樓之美，也有半圓、半方的土樓，有學者認定客家土樓，是東方血緣倫理關係，和聚住而居的傳統文化的歷史見證。這種世界上獨一無二的生土建築藝術，是客家人將古代中國的建築發揚光大，是客家人智慧的結晶。

這些土樓的建築，錯落有致，雄澤壯觀，與大自然完美的結合，而且歷史悠久，規模宏大，功能也很齊全，充分展示了客家人刻苦耐勞，抵抗盜匪，團結互助，敬祖睦宗的客家精神。

神奇的客家土樓，讓人參觀了之後，印象深刻，難以忘懷。

浪漫三亞，印象海南之旅（一）

今年的春節，我家選擇了到海南島去過年。一來那裡的氣溫比較高，第二看到按排的行程很輕鬆。

我們這次旅行團的人數不多，大人和小朋友才十七位，三個家庭組成，老、中、青、小的年齡都有，年紀最大的當然是我啦，八十幾歲拄拐杖的老人，年紀最小的，則是要坐娃娃車，吃飯還要父母餵的小朋友。五天四夜，住二家飯店，都是屬於準五星級的，三亞的是【埃德瑞大酒店】，在海口的是【明光海航大酒店】。全程參觀的門票或交通，沒有自費行程，或購物活動，所有景點，均有電動車代步，雖然團費高一點，也是一趟愉快的旅行，所以稱為【浪漫三亞、印象海南之旅】。

雖然五天四夜，實際上就是四天而已，飛機的安排是晚去晚回，所以第一天到達海南的三亞，吃餐晚飯也算一天。第二天是除夕，我們參觀了三亞大小洞天和鹿回頭，晚上看了一場歌舞秀。

三亞是海南島最南端的新都市，果然天氣炎熱，大家都穿上短袖的服裝，參觀景點時，還是會汗流夾背。三亞的確是旅遊度假聖地，除了有數百公里美麗的沙灘，也有不少的名勝，而且椰樹成林。所以，有東方夏威夷之稱。

十幾年前我和友人曾到海南島旅遊過，有些景點，似曾相識，但是一切設施，今非昔比，當年山上小徑崎嶇，各項設施簡陋，如「大小洞天」，如「鹿回頭」等名勝，全靠步行、攀登上山。如今全由電動車代步，當晚參觀了一場「美麗之冠秀」，全是外國佳麗，身材火辣，演藝動人，當然是【浪漫三亞】。因為這是除夕夜，煙火、鞭炮是過年的熱鬧節目之一，所以歌舞散場之後，在秀場前的廣場上，施放半小時的鞭炮及煙火，熱鬧非凡。

回到飯店，將近深夜，鞭炮和煙火的響聲仍然繼續到午夜，迎接龍年的到來。

參觀亞龍灣（二）

第三天，我們離開三亞，往博鰲、海口參觀。

其實，上午還是在三亞的路上，那是新開發的景點，就是【亞龍灣熱帶天堂森林公園】，大陸有一部電影「非誠勿擾2」的拍攝場景之一，面積遼闊，成為【亞龍灣國家旅遊度假區】，據導遊說：山上【人間天堂鳥巢度假村】的住宿，費用昂貴驚人，非一般小民度假之地。住宿一晚，最低人民幣5000元起跳，最貴的要人民幣20000多元，在馬路上遠眺，在深山裡，樹叢中，百多公尺或幾十公尺一棟，上、下、左、右、遍山都是鳥窩。可見消費能力的驚人。在山上為了拍電影，修建了幾處景點，也修建了幾條老街，現在成為賣咖啡、賣小吃，以及賣其他紀念品等。

有一點我得感謝地陪，我們到達亞龍灣風景區，因為遊客太多，春節期間，禁止遊覽車開到山上入口處，要爬山上去，大概二十分鐘的路程，這二十分鐘的路程，據了解，非常崎嶇難行，不但我有困難，也有和我一樣拄拐杖的老人。這時，地陪太重要了，叫計程車，沒有計程車可叫，萬一地陪二手一攤，不想辦法，我們只有坐在停車場徒乎奈何。這時，地陪拼命的打電話求援，終於遊樂場派小型電動車來，接我們幾位上山遊玩參觀，非常感謝。

下午我們參觀了一處，就是【博鰲亞洲論壇會議】的地方，坐十分鐘船到一處沙灘上去看海，這沙灘他們叫【玉帶灘】。這也算是景點的話，澎湖有很多無人島的沙灘，與這裡的玉帶灘一樣。不過，玉帶灘全長有八公里多。在亞洲僅此獨有。又是萬泉河、九曲江、龍滾河，三江的出海口，這沙灘成了海與河分隔島。那天又飄著綿綿細雨，真是情不願的上了渡輪，沙灘上也沒有碼頭，上下船靠人力扶助，才登上沙灘，在這裡，遊艇、遊人，還真不少呢？有幾輛沙灘摩托車，載客人跑來跑去，從沙灘頭到沙灘尾，收費十元，也是生意興隆啊。

到達海口市，吃過晚餐，回到飯店已是八點多鐘了。

參觀海瑞墓及五公祠（三）

早上參觀馬鞍嶺火山遺址公園，位於海南島東北部的瓊山市。據地陪的介紹：是數萬年前火山的爆發，形成了三十六個火山口群，馬鞍山嶺並不高，海拔200多米，不過地下溶洞有數百個，所以，是個【天然的火山博物館】。可惜，那天細雨綿綿，整個山頭，霧濛濛的一片，能見度極低，不但無法眺望海口市以及瓊州海峽，連火山口都看不到呢，甚感遺憾。

到海瑞墓園參觀，因為海瑞是海南島人，雖然死在南京，因為他是明朝大清官，明萬曆皇帝，親自批示要將海瑞葬海南，至今有400多年歷史，古墓莊嚴肅穆，佔地頗廣，修建了亭台樓閣，假山、水池等，屬於國家級的保護文物。我們參觀時，看到附近的民眾還會去上香祭拜。

【海瑞罷官】，是劇曲的名稱，在大陸上四十以上的人，沒有人不知道的，因為【海瑞罷官】而引起的文化大革命，影響了千千萬萬的人和家庭，這是中國文化有史以來最大禍害。當然不是三言二語所能說清楚的，最簡單的說法，因為海瑞是一位清廉的官。

參觀五公祠，所謂五公祠，是為了紀念唐、宋二代被貶謫到海南島五位著名的歷史人物，唐朝名相李德裕、宋朝名相李鋼、李光、趙鼎、名臣胡詮而建的，連同林園、井泉、池塘、佔地甚廣，其中海南第一樓，是一棟精心構建的紅樓。五公祠歷來被稱為【瓊台勝景】。

現在海南島人，大部分都是流放在海南島以終的宰相後裔，聰明才智過人，可惜主政者開發太慢，以致趕不上其他地方。

海瑞的銅像

參觀海口老街，吃小吃（四）

第五天的行程，乏善可陳，逛老街、吃小吃。可能台北的小吃也很有名氣，所以那裡有【台北小吃街】。他們的小吃有一種特別的付帳方式，在入口處先買儲值卡片，如台灣的悠悠卡一樣，你買五百一千都可以，在任何一家小吃攤吃完東西，吃了多少錢？由卡片裡扣錢，錢不夠的話再去加值，錢有剩的話，再到買卡片的地方領回來。問其原因，吃東西的地方收了錢，怕被偷或被搶。

老街沒有錯，確是老街，連十九世紀的三輪車還有營業的，在這台灣應該是屬於古董了。

在往機場的道路上，再去參觀【萬綠園】，在填海的陸地上，規劃出熱帶海濱特色生態風景園林，以喬木、灌木為主的，種植熱帶及亞熱帶觀賞植物數千種，呈現一派廣闊的園林風光。

不過這幾天的住宿還不錯，第一天進入臥房，床頭櫃就有一張小卡片，上面寫著「明天的氣象資料，天氣晴氣溫多少度，請貴賓要帶雨具或注意保暖」。另一張紙條，則寫著「因過年的關係，在深夜可能有放煙火或炮竹的聲音，打攪貴賓的睡眠，請關閉窗戶」，這種小叮嚀，感到相當溫馨。

飛機七點起飛，和海南島說一聲byebye。

遊日本北海道

跨年假期，自十二月廿九日至元月二日，全家跟隨旅行團到日本北海道旅遊，飛行四個多小時，飛機快要降落時，從飛機窗口望出去，看到大地一片白茫茫的，這是平生第一次體會到冰天雪地，在日本旅遊五天下來，感到日本比台灣進步，我判斷台灣再花二十年是否能趕上日本？

第一：他們的城市或是公路上很少看到摩托車，這種不安全又污染環境的交通工具，在台灣太多了，二十年以後是否能禁絕？這是進步國家的象徵。

第二：自來水可生飲，在台灣再二十年可能還做不到，這是現代化的生活，必須要做的。

希望中華民國的領導人以建設國家為己任，做不好就下台，何必天天只為選舉鞏固政權而努力。

參觀花博走【愛心專道】

花卉博覽會的好看，不需要我來畫蛇添腳的描述，因為眾口一致的說：「很好看」，「漂亮極了」。

參觀台北花卉博覽會，我發現了一項德政——【愛心專道】。旁邊一道繞來繞去排隊參觀的人潮，另一條走道只有我一個人在走。當時我心裡想：那些排隊的觀眾，眼光投射到我身上，一定認為我走錯了，竟想插隊的老頭子？或者認為我是特殊身份的老人家？待我走近攔阻的地方，我掏出皮夾子在志工面前晃了一些，志工小姐就把攔阻的帶子移開讓我進去。那時，我自己也感到很高興，能得到如此的禮遇，在旁人看來，我是不是特殊分子呢？因為大家都排隊排了一小時多，甚至更久，才有機會進去參觀，而我只花了幾分鐘而已，不必排隊，走專屬的——【愛心專道】。

花博從試營運開始，就不斷的湧入人潮，開幕後，更是人潮洶湧，我們住在台北的人，何必和別人湊熱鬧，再過一段時間，人潮退一點的時候再去參觀。或者，說是住台北和附近的人，最好下午三、四點鐘去，因為上午學生多，遠道來的人多，到了下午學生返校了，遠道的朋友要回家了，就是本地人，早上來的也逛累了，所以下午進去參觀是最好的時間。

不管那方面的資訊，從報紙、電視、網路、都沒有提到有【愛心專道】。那天下午我去參觀，還是看到大排長龍的人潮，我問志工小姐：「這樣排隊進去參觀，大概要多少時間？」她回答我：「太概一個多小時吧！」我啊一聲：「沒有辦法」。小姐又問我：「你有七十五歲嗎」？我說：「有」。她說：「那就不用排隊，走【愛心專道】。」我說：「沒有看見呀」（任何地方都沒有標示），她很熱心的帶我去，真是感謝又感恩，不用花多少時間，就參觀了圓山公園的爭艷館和流行館，以及文化館、真相館等，在花博美食區吃了晚飯，真的乘興而去，盡興而歸。其他幾個館，再擇日去參觀。

好康相報，告訴老年朋友，去享受這美好的花博盛宴吧！

二臨花博

第一次去看花博，就看出興趣來了，所以，又選了一個黃道吉日，無風無雨不冷不熱的好天氣，在下午三點多鐘，二度駕臨花博。因為第一次看了好幾個【館】，如爭艷館、文化館……等等，真的很好看。這次當要找其他【館】來欣賞，在圓山捷運站下車後，坐計程車直奔新生公園區，進了園區不遠，就看見有很多人在排隊，走近一看是「夢想劇場」。所以就走去請教志工，【愛心通道】在那裡？志工小姐告訴我在這邊排隊，原來有殘障人士，也有老人家，和年輕人排隊不一樣的地方，就是老人及殘障人士排隊的地方，有椅子可坐，主辦單位對老人家的服務，真感到貼心，感恩感謝。坐定後，志工小姐發入場的牌子，因為裡面的座位只有二十八個，每一場老人及殘障人士，分配四個人的名額，每一場，大概十五分鐘到二十分鐘的時間，我的入場是第五梯次，所以也等待了一小時多。抱著滿懷夢想進入參觀，結果夢想破碎，一部十多分鐘的卡通影片，不知道演什麼？我是半個知識份子，都看不懂，那鄉下的阿公阿媽又能了解多少？在排隊無聊時，東張西望，看到門口上方有電子顯示各種資料，如發電量多少，減碳多少，省錢多少……。我看也沒有多少人去注意。這夢想劇場，要給觀眾看的，能達到什麼效果，不無疑問？

未來館有很多值得觀賞的植物外，還有關於科技方面的說明，值得參觀。天使生活館也不錯，以生活結合科技藝術等，讓人感到心曠神怡。花茶館，是蠻不錯的，廣大的庭園，古色古香的建築，還有養生館、夢想館等，因夜色來臨未及參觀，去吃晚餐，有的攤位要排隊，我選了一家「羊吧子」吃羊肉麵線，150元吃飽兼進補，不錯。

未參觀的，容後再去，以償夙願。

三顧花博

劉備三顧茅廬，為的是請孔明先生，幫他打拚江山，為了他自已的私事。

我三顧花博，為了遠從台中來的網友，陪她逛花博，讓朋友盡興而遊。三顧花博的地點不同，三顧目的也不同。

我們都是在網海裡，千千萬萬網友之中，有緣相聚在一起的幾位美女和可敬的先生，真是難能可貴。

大家相約在圓山捷運站，我準時到達，竟然看到未曾謀面而認識的友人，就是曹先生父子，剛寒喧二句，法香和May陪著魚姐出現在眼前，和魚姐久不見面，今天看她滿面笑容，一定非常高興。

我們進入花博園區，仍然人山人海，大家以為長假過後，上班的上班，上學的上學，不像假期那麼擁擠，可是，事與願違。在園區裡，曹老先生以八七高齡，竟能健步如飛，使我這小老弟自嘆弗如，慚愧。我們首先參觀爭艷館，一入館內，果然與前二次之展出內容不同，別有一番滋味，反正照像機不用換底片，大家猛拍一番。參觀爭艷館出來之後，為了趕時間，又搭花博專車前往新生園區，看到各館排的長龍，我們只好進入不要排隊的花茶殿，是林安古厝改建的，閩式四合院的豪宅，表現富人庭園生活的人文風華，其中有「傳統文物展示」，也有「茶道」等相關活動。因曹先生父子有事提前離開，我們逛到華燈初上，另有一番景色。但是魚姐要趕車返台中，不得不依依不捨揮別花博，到火車站的微風廣場吃晚飯，而結束了花博之旅。

魚姐來去匆匆，今宵一別，又不知何年何月何日再聚首？

二天一夜遊花蓮

早班飛機到達花蓮，才八點多鐘，遠雄悅來飯店派車到機場接我們，由機場到飯店，也有半小時的車程，我們到達後才九時多，按照規定入住，應該在十一點以後，得到飯店總經理禮遇，我們立刻進住，真是非常感謝。

稍事休息，再搭飯店的交通車到海洋公園參觀，進場時的人潮，有點像桃園機場入出境似的，幾道卡門，遊客魚貫進入，好熱鬧啊！參觀路線有二種供遊客選擇，一條坐電扶梯上去，一層層的參觀。另一條可搭纜車上到最高一層，再一層層的玩下來，我們選擇手扶電梯一層層參觀，首先我們參觀水族館，雖然不是很大型的水族館，魚的種類也不少呢，也有真人表演餵魚秀。再來我們去參觀「晃晃海獅秀」表演，海獅以高難度的籃球投籃、排球等動作表演，看來有點笨手笨腳的樣子，可是十分可愛，能夠訓練成這樣聽話，可見牠們也很聰明啊！出來之後我們在照像館照了幾張照片，利用他們照的相片，做了一個馬克杯，以資紀念。我們準備再看一場「海豚秀」，我們到達表演場地，廣大的場地，還沒有人進去坐，我們就選擇了表演場旁邊的咖啡座，買他的飲料和點心，換取他的座位，不一會兒，表演時間到了，人群擁至，廣大的場地，竟然爆滿，後到的只有站位了。海豚也是聰明的海洋哺乳動物，由專業訓練師介紹海豚的各種知識，表演出各種聽人類指揮的動作，誠屬不易。

我們看海豚表演完，就沿著手扶電梯到達出口處，搭飯店的交通車返悅來飯店，在日式料理餐廳吃飯，吃這餐飯將花二小時的時間，再回到房內休息。

雖然在海洋公園很輕鬆的參觀，但是一個上午，也是蠻累人的，所以，午覺醒來，已經五點多鐘，稍後叫計程車到花蓮市區看看，找花蓮地方有名的小吃。計程車駕駛，能言善道，很會做生意，聽到我們要到花蓮吃晚飯，他就介紹我們到半路上的一家「055龍蝦餐廳」，這店名特別吧！他可以等我們吃完飯再坐他的車子到花蓮市區，問他等我們吃飯的時間要多少錢？他回答：「不會算你們的錢啦，你們吃飯，我也要吃飯呀！因為這家餐廳的海鮮，一定新鮮，而且價錢也很公道，所以，你們說要吃飯，我才特別介紹給你們。」我們到達餐廳，果然客滿，要排隊點菜。等了半個小時終於輪到我們了，這裡環境不錯，背後太平洋，前面靠馬路，熙來攘往，好不熱鬧。因為客人多，上菜就慢了，這一吃又是二個小時。計程車駕駛介紹的很實在，確是物美價廉，餐後再乘他的車子到花蓮市區。在市區逛了幾條街，買了一點花蓮的特產，再乘這位先生的車子回飯店。因為飯店在山上，我們在飯店遙望花蓮市區的夜景，萬家燈火，非常迷人，真的依依不捨的進入房間。

第二天五時即起床，是為了看太平洋的日出，果然，五點一到，天邊就出現一大片魚肚白，瞬間白裡透紅，頃刻，出現大片朝霞，幾分鐘後鮮紅的太陽露臉了，可惜，日出的地方有大片的烏雲，所以太陽是從烏雲堆裡的縫隙裡出來，不是從太平洋的海上出來的一輪紅日，感到有點遺憾。

早餐後，在飯店的「詩人花園」走了一圈，真是賞心悅目，其實，飯店還有其他設施，沒有時間利用，可惜。退房後，飯店派車送我們到機場，結束了二天一夜的花蓮行。

二天一夜遊宜蘭

二天一夜遊宜蘭，上午到達宜蘭，先遊五峰瀑布，下午遊林美石盤步道，再遊龍潭湖。第二天，上午遊梅花湖，再去參觀進士第，下午到野柳參觀地質公園及海豚表演，這次以步行參觀為主，只有野柳這場坐著參觀。

五峰瀑布，共有三層，我只參觀第三層，要參觀一、二層，必須繼續的往山上爬去，自估沒有這分能力爬到第一層去看瀑布，雖有遺憾，但是，改為參觀生態步道前進，也算有收獲。

下午走林美石盤步道，雖然不收門票，但要發一張登山證，出來的時候要繳回，我就意識到事態的嚴重。走了將近一小時二十分左右，生平第一次看到這麼陡峭的登山樓梯（因為沒有步道了，用火車的鐵軌，建成的樓梯般的步道，有照片為證。）我站在下面往上一看，我的天呀！不但陡峭，最少也有十五層樓高。我有氣喘病的老人，怎麼能爬？馬上起了回頭走的念頭。同伴建議往前走，只要二十分鐘了，回頭走又得走一小時多，其他遊客，也是鼓勵我繼續往前走，我的天呀！萬一爬到一半，腳一軟，手一鬆，我一個人掉下來，再滾落一百多公尺深的山谷，當然粉身碎骨，但是在我後面的人能擋住我嗎？不會被我一併撞下山谷陪我粉身碎骨，才怪呢？將來救難人員到達現場，也會雙手一攤，直昇機更是無用武之地，現在回想起來，真是太危險的事，而現在憶及仍心有餘悸，回到遊覽車上，同伴宣布我成功的走一圈，全車的同伴鼓掌如雷。我建議登山口，應該有警告老人小孩或有什麼疾病的人，不適宜登鐵梯等字，或口頭告知，否則將來發生事故，有關單位要負責任。

至於遊龍潭湖梅花湖及其他地方，算是小case啦。

在野柳看海豚表演，因離表演時間尚有一小時多，又到地質公園走了一趟，看到的盡是大陸觀光客，穿著光鮮亮麗，意氣風發的模樣，但卻遭受法輪功無言的抗義，他們卻視而不見。其實看海豚表演興趣不高，因為在香港、花蓮、沖繩等地看過，都是大同小異。不過海洋生物這麼聰明真是可愛。

進士第的古蹟值得介紹，下次說明。

台東都蘭山之旅

卑南人的文化聖山——都蘭山。

我有幸在都蘭山中的「都蘭民宿，」渡過美好的時光。白天看都蘭山的壯麗，晚上則可數夜空的星星，仰觀都蘭山頂，經常雲霧圍繞。俯視都蘭海灣，碧波盪漾。這裡沒有現代化的電視，所以，對那些政客噁心的口水文化，使耳根清靜。也不致被那批所謂的名嘴，胡說八道的，無所不知無所不曉的言論所矇騙。也沒有冷氣機的設備，所謂心清自然涼，古老的消暑方法，還真靈驗呢。連電話都沒有，更無擾人的欺騙。也無摩托車呼嘯而過的喧囂噪音，以及刺耳的救火消防車、救護車急馳悲鳴聲。寂靜的只有聽見悅耳的鳥叫與蟲鳴。

三天來，我們參觀的景點很多，卑南遺址，原住民生活，是這趟旅遊的重點。

一、卑南遺址，參觀史前文化博物館，以及考古挖掘現場，文化公園等，在博物館的志工導覽中了解，經一群考古學家，大面積平面開挖，陸續發現房屋地基、石窖與石板棺，都是前所未見，大量陪葬的玉器，包括耳飾、胸飾、頸飾、臂飾等，以及武器、工具等多種殉葬物，尤其玉飾工藝，卑南文化已達到高度發展的水準，亦可視為人類藝術的奇蹟。

二、參觀原住民的社區，富有浪漫氣息，品嚐原住民的餐飲，部落風味的可口菜餚，餐後教唱原住民的飲酒歌，品嚐小米酒的味道，我們這一群人，不分男女與老少，個個笑逐顏開，跳起山地舞來，不亦樂乎。

很多景點我們都沒有放過，如海岸風景區公園，當地美食，如葱油餅、水煎包等都沒有放棄，都蘭國小書包也要買，真是知性與感性之旅遊。

遊宜蘭梅花湖

宜蘭休閒的地方真的很多，無論文化方面，自然景觀方面，或者人文方面，都有很豐富資源，所以，我遊宜蘭已經遊N次了。

交通是繁榮之母，要一個地方繁榮，必須有很好的交通建設。過去台北到宜蘭，有一條叫北宜公路，由新店經坪林到宜蘭，這條路上有名的九彎十八拐，是非常危險的路段，經常有車子發生事故，所以，沿途都有民眾撒的冥紙，希望保佑一路行車平安。

後來又有濱海公路的開闢，但是仍嫌交通不甚理想，因路途遙遠，花的時間還是很長。多少年前，政府開闢高速公路，從中央山脈的雪山開闢隧道，由台北到宜蘭，一個小時就能到達，縮短了開車的時間，又安全又快捷。所以宜蘭地方的休閒設施，也就開闢很多，蘭陽平原的農地，蓋起一棟棟的所謂農舍，就是美輪美奐的別墅。聰明的農民，就將別墅改成為民宿。一到假日，車子經雪山隧道，到宜蘭去旅遊的人，非常的多，都拜雪山隧道通車，帶來便捷的交通。

昨天假日，我一家人到宜蘭梅花湖去玩，湖雖不大，但是風景非常秀麗，很不錯，到達那裡，都會去走一趟環湖步道，這環湖步道，不可行駛汽車，專供遊人步行或騎腳踏車，有年青人跑步，情侶騎雙人協力車，有全家騎四人腳踏車，我一家人租了三部電動三輪車，繞湖一週，雖是電動車，但是天氣炎熱，大家還是汗流夾背，不過另有一番滋味。

遊完湖休息時，到「小熊書房」喝杯咖啡，因慕名而去，果然是生意興隆，客滿，我們就選在庭園裡面，洋傘下的座位，因天氣太熱，所以就到房子裡去看看有無虛席，正巧有客人離開，我們才進入裡面有冷氣吹，她的咖啡和台北的價錢一樣，並沒有便宜，也沒有什麼特別，她的部落格裡說，吳小姐星期假日在那裡，穿上圍裙成為老板娘，招呼客人，根本沒有這回事。所以，我們趕時間，很快就離開，前往「田老爺餐廳」吃午餐。

這餐廳的菜色，確有一點創意，我家和友人共九人，點了一桌合菜。我從來沒有看到這麼大盤的菜，小姐上菜都是用車子推來，二人抬上桌去，使我大開眼界，價錢方面還可以啦，值得。

100.7.18.上奇摩精選

創意麵包

遊台北觀音山

遷居台北十幾年，陽明山去了N次，淡水亦是，在遊陽明山或淡水時，常常抬頭看到觀音山，像極了一座莊嚴的觀音菩薩。

那天星期假日，全家決定到觀音山一遊。從永和到五股，有一條快速道路，不到廿分鐘，就到達五股。上觀音山的路，雖鋪柏油，但是路面窄小，曲折迂迴，常有驚險的路段，到達停車場，早已停滿車子，繞了數圈，等到一部車子要離去，停妥車子後，開始往【凌雲禪寺】攀登上去，到達最高的寺院，雖然氣喘噓噓，汗流夾背，但是涼風習習，陣陣吹來，仍覺神清氣爽，瞭望台北盆地，101世界高樓，竟這麼渺小。在「開山凌雲寺」旁，有筍農剛從山上挖回來的竹筍，正在整理洗滌，這麼新鮮的竹筍，到那裡去找，所以向筍農買了十多斤，帶回家享受。本想去爬硬漢嶺，在寺旁看到一則介紹硬漢嶺的宣傳照，裡面有一幅對聯：「走路要找難路走，挑擔要揀重擔挑。」一看到這聯語，還有好漢坡階梯的照片，我的雙腿就軟了，自覺體力無法攀登而作罷。

我們到風景區遊客服務中心，本想找陰涼的地方，坐下來喝杯咖啡，享受一下片刻的寧靜，沒有塵囂的山林時刻，可惜，沒有享受到。

拍了幾張照片，然後開車前往網友介紹的興鴻餐廳，享用午餐，餐廳的停車場也爆滿，所有客人都是來休閒的多，當然敬神的也有。餐廳除了大廳外，有許多小亭子包廂，也有冷氣設備，一會兒就客滿了呢！這一餐算是物美價廉。

遊「角板山行館」

週休假日，到桃園縣復興鄉角板山去參觀蔣公老總統的行館，位於大漢溪上游，這個地方海拔並不高，才400多公尺而已，但是，四週有高山圍繞，四季氣候溫和，素有「台灣盧山」之稱。

老總統的行館，現在成為「角板山行館風景區」，由桃園縣政府負責管理，園區內遍植梅樹，樟樹，綠意盎然，美不勝收。而且園內陳列許多雕塑的作品，都是世界級的。所以又有「雕塑公園」之稱。

這裡有一條「神秘隧道」，這條神秘隧道，是當年先總統蔣公在角板山行館的防空洞，我本來不敢去探這個險，下去之後，是否有能力爬上來？猶豫不決，兒子鼓勵我說：「慢慢的走，我們又不趕時間」。於是決定去探這秘道，這隧道內設有房間、洗手間、通訊室等，是臨時的戰備指揮所。不知走了多久，出了隧道，視野開闊，往上爬回到行館參觀。這神秘隧道，可能在桃園縣政府接管之後，才會開放參觀。

這裡有一個景點叫「思親亭」，是當年蔣經國總統在這裡撰寫「梅台思親」這篇文章的地方。設有二台望遠鏡，可看遠處的叢山峻嶺，以及大漢溪流域。時間接近中午，在停車場附近的餐廳吃飯，這種小吃，真是物美價廉，吃不完還打包呢！

街上很多商店賣香菇、木耳、金針的，他們的貨物，比台北迪化街商店裡的還多啊，所以又買了一些。賣水蜜桃的，街上到處都是，認為不好帶而作罷。

可是，回程的路上，路邊攤上不但有水蜜桃，也有高山高麗菜，本意是買高麗菜，順便問一下水蜜桃怎麼賣？甜不甜？老板娘二話不說，就拿一個水蜜桃用刀子切開送給我們嚐一嚐，一顆水蜜桃要七八十元，他竟如此大方，嚐了他送的水蜜桃後，確是好吃，豈敢說不買？所以又買了一盒帶回家。最有意思的是，看到一種水果，是水蜜桃和芒果接枝生產的，沒有吃過，想買二個回來吃，老板馬上說買二顆送一顆，我說有二顆就夠啦，沒有關係，買一個送一個，下次你們再來。這樣做生意，也不好意思和他談價錢，就是買貴了，也心甘情願啊！

這趟出遊，精神、物質，收穫良多。

遊【少帥禪園】

少帥——張學良，在中華民國的近代史上，是一個非常重要的關鍵性人物，介紹少帥的書，不知有多少，「張學良傳」，我也看過二本，其他報章雜誌有關張少帥的報導，更是多如過江之鯽。

我無意介紹張少帥如何？如何？我只是在假日休閒時，我一家探訪了「少帥禪園」。這是1960年代他被幽禁的地方，禪園隱蔽北投山上，於陽明山國家公園範圍內。建於1920年代，頗有名氣的溫泉旅館，後改為日本特攻隊休閒的場所。

少帥人已作古，但是，英名仍是家喻戶曉的人物，這「少帥禪園」，如今淪為餐飲業賺錢的地方，如何取得經營權？真是高深莫測，做到生意興隆，只有欽佩，沒有嫉妒。

「少帥禪園」分為四個部分，（一）少帥展館，有室內陳列著一幅少帥夫婦倆人的人形看板，讓人有憶當年的感覺，也有他的墨寶，園內有紀念亭，有莊嚴的雕像等。（二）有小六茶鋪，在鋪內品茗，晴天鋪內光線明亮，可眺望觀音山、關渡平原，陰天在鋪內，觀賞雲霧飄渺的詩情畫意。（三）雙喜湯屋，這溫泉屬酸性的硫鹽泉，呈黃白色，優雅的裝潢，泡湯時可欣賞觀音山美景，可說北投地區獨享湯屋。（四）漢卿美饌，這是張學良百歲飲食的密碼，因為他少年得志，歷經了驚心動魄的時代變遷，所以，他將灑脫的人生哲理，融入了生活和飲食的習慣，而得享有超過百歲的高壽。少帥禪園，鑽研帥府的食譜，從季節的食材，配合時令的設計，和創意的烹調，並以特色的器皿擺盤，成為色、香、味兼顧的百歲飲食密碼的精神。

想去少帥禪園吃飯、泡湯、品茗，都要事先預約，不接受臨時的客人，如果團體的話，還要二週前預約呢。如欲參觀，也得繳150元的清潔費。雖然沒有寬闊的停車場，但是路邊可停車，在園內看到很多攜老扶幼的人，餐廳都是客滿，我認為物固然美，但價並不廉，餐飲、泡湯都是每一位1200元起跳，偶而休閒去一二次則可，經常的話，在我的口袋裡，則免談為妙。

遊陽明山

我們這小老百姓，沒有辦法住在陽明山的別墅裡，真是可憐，難得的星期假日，到陽明山去走走，卻不准我們的車子由仰德大道上山，我們只好由另外一條狹小的路，彎彎曲曲的上陽明山去。有點像小媳婦的悲哀。

陽明山不愧是國家公園，不管你去過多少次，絕不會感到厭煩，永遠是高山聳立，一片翠綠，到處都是花花草草，空氣新鮮，氣候宜人，雖是炎炎夏日，餐廳並沒有冷氣，但是非常涼爽，好像電風扇都是奢侈品。

假日，我們預訂「元山水蜜桃園」餐廳，它的特色就是什麼菜都放點水蜜桃，不管青菜、肉類或是魚、或湯、都有水蜜桃的味道，餐廳規定十一時半才能上菜，想提早一點也不行。所以，有時間在他的水蜜桃園裡看看，自己看到成熟了的水蜜桃，就可順手摘下來，真的，心理上，摘水蜜桃比吃更有趣味，所以隨意一摘就一大盒了。

今天真是很開心，在餐廳遇到二位客人，他們是夫妻吧！同樣的喜歡小寵物，我們從來沒有看見過的，像小老鼠？小松鼠？又不會亂跑亂跳，只會在他們身上爬來爬去，很乖。主人吃飯時，就將牠們裝在上衣口袋裡，讓牠睡覺，主人說這寵物叫蜜鼯鼠，真是大開眼界吧！

住在陽明山別墅裡面的富貴人家，過著那種悠閒的山居歲月，天天呼吸新鮮的空氣，不長命百歲也難唷！祝他們健康長壽吧！

重遊桂花農園

三年前，我一家曾去【桂花農園】參觀過。事隔三年，該農場依然而故，各種場景；蔚藍的天空，蒼翠的山巒，如棉絮般細柔的山嵐、蒼狗似的白雲、近樹、花香，連餐廳桌椅，都毫無改變，改變的是我這個人。

三年前，我雖然不是健走如飛的人，但是總不像今天的樣子，在桂花園裡走幾圈，就氣喘而牛。

三年的歲月，也有一千多個日子，如果度日如年的話，那還了得？那不是一千多年了嗎，在天庭修煉的妖怪，也成仙了呀。當然，如果光陰似箭的話，那不過瞬間一眨眼而已，因為「光陰者，百代之過客」。（春夜宴桃李園序，李白。）所謂【人無千日好，花無百日紅】。其間，也曾臥床十多天，（重感冒，不過尚未住醫院）每天以稀飯度日。可是，這十幾天來，精神消耗萎靡不振，肉體更是狂瘦五公斤多。生、老、病、死，不過是人生過程中的一個點而已，並沒有什麼大的意義。

三年的時間，這不算短的時間，我在網路上，在千千萬萬的網友中，有的和遠從日本來的網友相聚，在台灣，也有遠從台中趕來為我慶生的網友，近在台北的網友，經常邀約相聚、郊遊，和他們有緣相聚，人生如此，夫復何求？

所以，三年的時間，說它長也不見得，說它短，也講不去，很多事情，在這三年之間，常有滄海變桑田之感。把握現在，活在當下，每天快快樂樂的享受這美好一天。

遊淡水漁人碼頭

流浪到淡水

有緣，無緣，大家來作伙；
燒酒喝一杯，乎乾拉，乎乾拉，乎乾拉；
扞著風琴，提著吉他，雙人牽作伙，為著生活，流浪到淡水……

這道歌雕刻在一塊大理石上，訴說昔日流浪人的心聲。

今天我是專程到淡水，和昔日唱「流浪到淡水」主角的心情，有天壤之別啊。

因為我今天擁有愉快的心情，來到這昔日的淡水漁港，如今稱為「漁人碼頭」。過去的魚腥味、汽油味，已不復存在，以遊憩、餐飲、娛樂等多功能的休閒漁港取而代之。歲月的巨輪，推動時代在進步，我已N年未來淡水，如今展現眼前的淡水漁港，簡直似夢幻般的畫面，呈現在眼前，增添了人文氣息與自然的魅力，讓人有一種歲月飛逝的感概。

美侖美奐的情人橋，站在橋上，可遠眺對岸的觀音山，以及淡水河出海口，浩瀚的台灣海峽，天連水，水連天，也可眺望大屯山，我們是在大白天上午過橋，無法欣賞台灣八景之一的「淡江夕照」的美景，以及夜晚五光十色的照明。

走在木棧道上，一邊是漁港的漁船與遊艇林立，一邊是淡水河流域，視野遼闊，看山、看海、看高樓、看大廈，而且棧道下面有商店街，提供咖啡、美食等享受。

在這台灣獨一無二的騎警隊，代替警車巡邏的刻板印象。今天看到的二位帥哥，騎著高大的駿馬，成為觀光的景點，讓遊客盡興的拍照留念。

尚有藍色公路之稱的起點，可坐渡輪到對岸的八里，也可搭遊艇遊淡水河，我們沒有去享受這浪漫公路。因為天氣炎熱，我們坐在榕樹下，享受自然的涼風拂來，比冷氣舒適千百倍。休息片刻，我們也去參觀「魚藏文化館」，介紹淡水漁業的發展史，並販賣各種魚類的產品、和各種小的紀念品。

本來想在碼頭景區的海龍王餐廳午餐，因時間尚早，尚未開門營業，所以在販賣部買了些海產，再驅車到外面的海宴餐廳用餐。

餐畢在老街逛了一下，已經沒有當年老街味道，高樓大廈代之，所以就打道回府，結束了半日遊。

參觀佛光大學與金棗文物館

今年的四天連續假期，在這台北地區，都是又濕又冷的天氣，今天第三天了，雖是陰天，好像不下雨的樣子，所以出去走走。

這次去參觀的目標，是宜蘭的【金棗文物館】，這是農委會及農林廳輔導成立的，為發展地方精緻農業，推出多元化的金棗產品。館內專門介紹金棗的品種，金棗的分佈，金棗成分的分析，金棗種植的方法，和加工的過程，和金棗相關的資訊等等。該館自八十五年就成立對外營運，自產、自製、自銷。可說歷史悠久文物館之一。我們到優良果農家去選購優質的產品。還有充裕的時間，就順路去參觀佛光大學。

佛光大學在那偏遠的山上，我們從金棗文物館這條公路，一路往深山裡去，路上車輛很少，可能是假日的關係，或許又濕又冷的原因。隨著海拔高度的增加，沿途景色非常迷人，因有微微的小雨，四週的青山翠谷，在雲霧飄渺之間，顯得十分的清幽。到達校門口，要換證之後才能進去。

首先映入眼簾的，是一大片黑大理石牆，雕刻著創校捐款人的姓名，再上去看到第一棟建築物，是【曼陀羅滴水坊】，是賣咖啡餐飲的，是眺望蘭陽平原，和太平洋最佳的地方。再往上一望，就是一棟一棟的校舍，學生能夠在那裡讀書，真正的離開都市之塵囂，在這幽靜的環境裡，只聞鳥聲、風聲、讀書聲。真是有福氣啊。

因為時間關係，沒有逗留太久，即離去。

佛統大學

夏日賞荷

詠　荷葉

池面風來波瀲瀲　波間露下葉田田
誰於水面張青蓋　罩卻紅妝唱采蓮

宋　歐陽修

週休假日，前往桃園觀音鄉賞荷。

我們很早就出門，由中山高速公路直達桃園南崁交流道，下了交流道之後，由衛星導航，很快就找到觀音鄉。一路上都能看到蓮花季活動廣告牌，很多休閒農場。我們找到一家「吳厝楊家牧場」。天氣實在炎熱，到停車場停車時，已停了不少的車子，也有幾部遊覽車，應該遊人不少，可是我們進到園區，觀賞荷花時，遊人卻是寥寥無幾，原來都躲到陰涼的地方去了。我們巡視一大片的荷田，荷葉青翠，稀疏的荷花，有紅有白，有的已成殘花，有的含苞待放，亦有蓮蓬朵朵，點綴其間，真是一幅構圖嚴謹，著色大膽，很美的圖畫，偶有微風吹來，荷葉、荷花，搖曳生姿，另有一番別緻景色。

蓮花的種類雖然很多，但是這裡只有幾種而已，大王蓮是比較特殊一點，人可以坐在其葉上，（體重在100公斤以下，業者告知。）隨池塘裡的水盪漾，可是我一家人都沒有興趣，其他遊客去玩的也不多，看到一位老者坐在大王蓮上，雙手合掌，像在祈禱，希望風調雨順，國泰民安。遠觀他的愉快狀態，十分可愛。

這是農牧場，尚有其他設施，如烤肉區，露營區等，是否經營不善？到處雜草叢生，我們逛到餐廳準備吃午餐，一問才知客滿，因為沒有預約。既然到了蓮花的故鄉，當然要吃蓮花餐呀！所以開著車子，沿途尋尋覓覓，總算找到一家以蓮花餐為號召的餐廳。叫「大田蓮花餐廳」。雖然每道菜都加入了蓮花、蓮子、荷葉等食材，並沒有想像中的美味，只有一道荷葉飯，我最欣賞，雖然荷葉包著像粽子，但是味道有別，將荷葉剝開，那股荷香撲鼻而來的香味，真是令人垂涎欲滴。這餐算是價廉而已。

餐畢，打道回府。

賞鯨+賞龜山　八景

為了賞鯨，必須在八點鐘之前趕到宜蘭的烏石漁港，因為假日，又怕雪山隧道塞車，所以就提早出門，五點半就起床，六點鐘出發，一路行車順暢，提早到達目的地。辦理報到手續，等待登船。

龜山島孤懸在太平洋上的小島，位於宜蘭東方海域，因外形酷似海龜而得名。這個島的面積有2.85平方公里，島上居民，據說是在清咸豐年間由漳州移民渡海來台時，誤將此地當成基隆嶼而登陸定居，台灣光復後，居民高達106戶700多人，以捕魚為生。政府為改善居民生活及教育等問題，而於民國66年遷村至大溪的仁澤社區。

遊龜山島，有三種行程，一是「賞鯨+龜山八景」，另一種是「登島+賞鯨+龜山八景」，再來就是陽春的「龜山八景」。我們選擇了「賞鯨+龜山八景」的行程，所謂的龜山八景，是船上導遊人員在遊艇靠近龜山島時，他以遊艇前進時，以時鐘表達方向來指示，例如十點鐘方向是「海底溫泉湧上流」，九點鐘方向「眼鏡洞鐘乳石觀奇」，幾點鐘方向是「神龜帶帽，」等欣賞八景，好像只能會意而已，不過「龜山朝日」大家都體會到了，那天天氣晴朗，炎陽高照，遊艇正往東方賞鯨海域前進，這一景最實際的了。

到達賞鯨海域，遊艇有時停車，有時發動，導遊叫大家張大眼睛在海域搜尋，瞬間，遊客歡呼，海豚出現了，導遊也用擴音器告訴大家在幾點鐘方向。牠跳耀時，看到很多海豚。這種海豚，在龜山島附近海域出現的種類也很多，當然我們也分不清楚。雖然這些大海裡的海豚，沒有海洋公園裡飼養的海豚訓練有素，但是這大海裡的海豚，俏皮可愛活潑的樣子，在海中嬉戲，體態優美，亦不怕生，而且數量眾多，範圍遼闊，讓人驚喜不已，海洋公園看海豚，永遠無法與大海裡看海豚相比，真是一幅天然美景啊。導遊告訴我們，這趟最難得的是，我們看見了很稀少出現的小虎鯨。所以，導遊建議遊客回家後去買樂透，一定中大獎，引起遊客一陣大笑與掌聲。

遊艇在海豚出現的海域，停留一段時間，即開始返航，歷時二小時半，結束了「賞鯨+龜山島八景」之旅。即趕往在海濱公路上預訂的「網元漁坊」餐廳吃午餐，下午三時多到家，結束一日之旅。

龜山島

參觀宜蘭國立傳統藝術中心

九十八年元旦，全家到宜蘭去參觀國立傳統藝術中心，及泡湯。

館內有民俗街道，進去真的有點像時光倒流，有各種古老的口味食品，手工藝品，民俗表演等，應有盡有，吃的、看的、玩的、裝飾品及其他的表演，整個館內，人潮洶湧，好不熱鬧。

下午住進礁溪的「冠翔四季溫泉飯店」，再去逛街買點特產，在飯店吃晚餐，然後泡溫泉，第二天走雪山隧道，很快回到台北家裡。

參觀鶯歌陶瓷博物館

鶯歌的「陶瓷博物館」，八里的「十三行博物館」，坪林的「茶業博物館」和桃園的「桃園客家博物館」。這幾個地方性的博物館，我認為鶯歌的陶博館，建築的宏偉，設計的空間，以及展覽的內容上，都在這幾個博物館之上。不過還有黃金博物館，尚未去參觀，因為要爬山，天氣又炎熱，待以後再說。

在一個星期假日，我全家開車前往鶯歌，走北二高南下，在鶯歌交流道下來，很快就到達陶博館。到達時間上午十點多鐘，但是公有停車場已經停滿了車子。找到私人的停車場，也停了很多的車子，停妥車走了一段路，就看到了陶博館巍峨的建築：

*一進門，就有陶瓷的公共藝術品。

*偌大的空間，三面玻璃，自然光非常明亮。

*它的樓梯設計，沒有斜坡的感覺，感到非常的平坦。

＊展覽室有很酷的命名，如有形無形的特展室，嗑牙樂、親親陶瓷、陶藝體驗，陶氣舞台秀，吃、喝、玩、樂都有。

＊結晶釉評鑑展，回溯陶博館歷史。

＊室內的展覽，有國外友人的作品參展。

＊另外有10年陶瓷特展。

＊親親陶瓷——快樂陶瓷ＤＩＹ。

＊參觀之後，回到台北澎湖口味的餐廳吃飯啦。

註：※符號，均有照片說明，無法在此顯示，請參閱我的部落格。

參觀坪林茶業博物館

那天假日，我家是第二次去遊坪林，開車走新店沿九號公路北宜線，直達坪林，沿途只看到二部貨運車開往台北，自家車同往坪林的，前後沒有看到一部，回台北的小客車遇到二部，到達坪林茶博館停車場，已經有好幾部小客車停在那裡，究竟是茶博館員工的或遊客的，不得而知，將車停妥，下車四處張望，人車稀少，一片寂靜，不復當年車水馬龍熱鬧景象。買票進入茶博館，參觀的人數，不到二位數字，工作人員，除了收票員之外沒有其他的人，與烏來的原住民博物館相比，參觀的人潮，工作人員的數量，像有天壤之別。（註）

茶博館外的生態公園，有小橋流水的景觀，也有登高的瞭望台，也有菩薩讓遊客拜拜，但不准遊客捐香火錢，真是別開生面的一種敬神，不貪財，更讓人尊敬。更有石雕公園，所雕刻的人物，維妙維肖，栩栩如生，好漂亮啊！

記得第一次去坪林的時候，沿途小車子，一部接一部的，也沒有人敢超車，前面這部車子，帶著一長串的車子很是壯觀。因為雪山隧道尚未打通，是往宜蘭經坪林，唯一的道路。所以坪林是往宜蘭的中繼站，大都會在坪林休息、或用餐，或購買坪林有名的包種茶葉，作為自用或伴手禮。所以坪林街上，可說車水馬龍，人潮熙來攘往，好不熱鬧。第一次在坪林吃的茶葉餐，每道菜都會用茶葉作配料，都有茶的味道，算是蠻特別的創意餐館。

如今，世事多變，由繁榮走向沒落，餐廳寥寥無幾，我們走到老街上，雖然整潔，但感淒涼，我們就在老街找了一家古早味的餐廳，吃控肉飯、蘿蔔糕、臭豆腐、蒜泥白肉、豬大腸、燙青菜、等等，又便宜又實惠。飯後，看看潔淨河水，潺潺的流著，河岸上的白鷺鷥成群，好一幅安和樂利的山城圖。

（註）烏來原住民博物館，那天去參觀，不要門票，但是限制參觀人數，所以要排隊等候，工作人員，粗估有十五位之多。

99.8.9.上奇摩精選

參觀菌寶貝博物館

那天假日，去參觀這家生物科技公司，位於宜蘭市梅州路，該公司於今年（2011年），成立全國第一家「拜寧生技觀光工廠」以及全國首座「菌寶貝博物館」。

到達該公司時，面對該公司之廠房及博物館之建築，並沒有特別之處，到達公司大門口，有一位公司的小姐，非常熱心的接待我們。首先她說明該博物館有二項世界第一：

一、是鎮館之寶，是三千五百年的清朝時期雕刻的牛樟木，不是一般的樟木而是牛樟原木，雕刻成百鳥朝鳳，非常珍貴稀有，市價達三千多萬，值得保存並收藏。

二、是世界第一快的牛樟芝之實體培養技術，這種技術是對環境最大的好處，就是避免大量砍伐珍貴牛樟木，不會破壞森林，能保護生態與水土保持。

菌寶貝博物館

小姐介紹了這二項世界第一之後，就帶領我們參觀博物館，對各種菌類的認識，提供完整的微生物（益菌、壞菌）的相關知識的導覽解說，在解說中，她提出有關菌類的小問題，如果答對了，她會贈送小獎品鼓勵呢。

微生物，廣泛的存在自然界中，人體的外表面（如皮膚）和內表面（如腸道），存在很多對人體有益的「益菌」，產生天然的「抗生素」，抑制對人類有害的「壞菌」滋生。所以研發出多項產品，最貴的是菌寶貝牛樟芝，蟲草精華等等，也有洗臉的乳液、也有洗手的舒膚乳，也有化妝品，如面膜……等。

該生物科技公司，專門研發菌類，包括菌的種類、好菌與壞菌，運用在生活上。尤其，森林中的紅寶石——牛樟芝，生長在台灣特有且稀少的牛樟樹上，具黃樟香氣味，富含多種物質，能調節身體各部機能的菌寶貝，可滋補強身，民眾花點錢能買到健康，不但個人福氣，連衛生署健保局也不會喊窮了呢。

這家觀光工廠，也有ｄｌｙ體驗，因為我們沒有這麼多時間，所以沒有參加ｄｌｙ的製作，有點遺憾，購買了部分產品，即趕往預訂的【錢塘江】（宜蘭玻璃屋餐廳之一）創意餐廳吃飯，該餐廳俗擱大碗，不錯，有一半打包回家呢。

參觀北閘螃蟹博物館

螃蟹博物館，在我的想像中，應該是一棟很別緻的建築，靠近海邊或者港口。可是依衛星導航找到的，卻是在頭城鎮的深山裡，群山環抱，花木扶疏，果樹林立，佔地面積廣闊的世外桃源，附屬於北閘休閒農場內。

休閒農場，包含了住宿、餐飲、及許多休閒的設施。但是，我一家人的目的是螃蟹博物館。購票入場後，在園區隨意瀏覽一下，就去參觀螃蟹博物館，一棟三層樓的建築，約有二百五十坪的面積，搜集了全世界有關蟹類的活體或標本，有二千多件，共有五百多個品種。分為標本區和生態區，有的從高山的溪流、或海岸的濕地、以及深海、淺海等地，搜集相當完整，是全世界唯一的，以螃蟹為主題的博物館。如果學校戶外教學，有關螃蟹生態方面的認識與了解，這裡是最好的教學場所。

參觀螃蟹博物館之後，去找預訂的【差不多】料理餐廳吃飯，從頭城鎮螃蟹博物館，開二十幾公里的車程，到羅東鎮【差不多】料理餐廳吃飯，這套餐也蠻精緻的，雖然遠了一點，也差不多呀！餐後打道回府，經過【番田甕缸雞】店，說是宜蘭的特產，又停車買了一隻甕缸雞，經雪山隧道，很快就回到家裡，半日遊，也不錯啊！

參觀蘭陽博物館

星期假日到宜蘭參觀「蘭陽博物館」。五點多就起床，六點半出發，這麼早的原因，就是怕雪山隧道塞車，所以我們很順利的在七時多到達博物館所在地，已有好多輛私家車停在那裡，停好車之後，到「烏石港遊客服務中心」等候。八時多，很多遊客扶老攜幼的來到這裡，準備出海賞鯨，或到龜山島參觀，我們八點半就去排隊進館，遊覽車一輛一輛開來，形成一條很長的人龍，雖然天氣炎熱，參觀民眾的熱情，並未稍減。不但有扶老攜幼者，也有殘障人士，大家對文化的響宴興趣，都是一樣的濃厚。進館之後，還要排隊，因為設計的參觀路線，由四樓往下參觀，所以上樓時控制人數，每間幾分鐘，放行十多位，致參觀的路線非常的流暢。

博物館的建築，外觀十分的新潮，座山面海，保留三面的濕地，面積相當大，真是用心啊！館內光線非常明亮，展出的內容，都是以蘭陽地區文化為主，包含了蘭陽平原的稻米及海洋文化，以及山地的人文和資源文化，還有蘭陽地區的特產，美食也有介紹，都是靜態的。我們參觀完了到一樓的咖啡座休息，喝了一杯咖啡，外面參觀者，仍然大排長龍，可見參觀的人數相當的多。

我們回程時走濱海公路，車輛很少，到基隆的碧砂漁港吃午餐，如果在宜蘭吃中飯，下午回程走雪山隧道，就大錯特錯，第二天看報才知道雪隧塞車之苦，時速二十公里，車陣長達五公里之多，可怕吧！

99.9.9.上奇摩精選

關西行到統一度假村

自三顧花博之後，將一月之久未曾外出，這星期假日，天氣還算不錯，所以全家來趟關西之行。

首先到關西農會經營的新超市，地點就在高速公路關西交流道下的大馬路旁，很快就找到了，可能經營得不錯，停車場早已停滿了遊覽車和私家小轎車，走進佔地數百坪的經營大廳，雖然不是人山人海，但是熙來攘往，蠻熱鬧的，服務也算是很貼心，在這炎熱的夏天，泡好一桶仙草茶，免費提供客人取用，還有小姐廣播，請客人多飲仙草茶。我們大致瀏覽一番，有關仙草研發的產品，還真不少呢！購買一些有關仙草的產品，我們趕往下一站，「統一度假村」。

這個度假村，離市區大約半小時車程，在山裡，雖然還不到群山峻嶺的地方，也算是遠離都市喧囂之地，我們到達時，三個停車場都停滿了私家轎車和遊覽車，可見經營得有聲有色，或者整個國家的經濟環境復甦，才能擁有這麼多的客人。

這度假村佔地甚廣，備有遊園專車，因為我們到達的時間，接近中午，天氣又悶熱，所以沒有去遊園了。休息片刻，到餐廳用餐，我們選擇客家風味套餐，可是，這餐飯我覺得名實不相符，沒有一點客家風味的感覺。唯一比較特別的，可能是黑墨似的仙草雞湯。

這度假村，環境清幽，真是很適合都市人飽受喧囂之苦，與工作壓力釋放，作為休閒度假之地。

參觀台塑企業文物館

週休二日之假期，到新北市龜山區，參觀「台塑企業文物館」，實際上，就是王永慶先生一生的奮鬥史。

該文物館，建在長庚大學校區內，是一棟圓型的建築，地下一層地上六層，規劃的參觀動線非常的流暢，有電梯設施，全棟都是感應式的節能設施。每一層樓，都有參觀人員休息的地方，也有方便的好處。在一樓也提供個人免費借用語音導覽機。有免費的預約導覽服務。我參觀了很多公、私立的博物館或文物館，有的還要買門票，有的也是免費參觀，但是免費出借導覽機，只此一家別無分號。就憑這一點，證明王永慶先生說的：「取之於社會，回饋於社會」，見微知著，可見王永慶先生對社會之貢獻。

一樓大廳，有一座玻璃罩著的巨大「奇木精髓」。據說，經過五萬年以上的淬煉，重達8.5公噸，仍具生命力的貝殼杉瘿木。它象徵著台塑企業屹立不搖，永續經營的意涵。

二樓是紀念王永慶先生生專區，介紹他生平事蹟，由出生的時代、那時候的環境，以及他創業的歷程，事業有成之後，對社會公益的貢獻，詳細的介紹，使參觀的人，對著其遺照，不禁產生由衷的敬仰。

三樓是塑膠產業的介紹，說明塑膠與纖維，是歷史上重要的發明。這二種材質的運用，帶給人類的便利，進步的生活，從衣、食、住、行、育、樂，甚至航太、機械、醫療器材，以及工業上高科技的電子產業，都有偉大的貢獻。

四樓是展示能源與電子產業。尤其將六輕所有工廠的模型，全部崁在玻璃地板下面，遼闊的廠區，一覽無遺。說明台塑對能源與石化產業與台灣經濟的成長，貢獻良多。

五樓的展示，說明台塑多元化的發展，包括了海外事業，大陸事業，海運事業，陸運事業，汽車事業，重工事業，還有生物科技事業及未來的發展。

六樓的展示，是對社會的回饋。有教育的關懷，環境的關懷，醫療的關懷，弱勢族群的關懷，921學校的重建等，有數不盡的亮眼成績，還會繼續的實踐回饋社會的理念。

我們從一樓看到六樓，其中遇見幾個觀光團的遊客，我聽到有人說：「看到王永慶先生瘦鵝理論，真是好笑」。「有錢人能夠這麼節省的，可能鳳毛麟角呀」。在六樓看到王永慶先生對社會的回饋，個個都嘖嘖稱奇，驚嘆不已。這文物館故意設在長庚大學校區內，讓學生經常的看到王永慶先生的言，行，將來效法王先生的善舉回饋社會，則台灣民眾之福啊！

100.11.12.上奇摩精選

參觀崑崙藥用植物園

那天星期假日，我全家到桃園的「崑崙藥用植物觀光園」去觀光，這是結合知識與休閒的度假勝地，所以吸引我們驅車前往觀光。

中國傳統的藥膳與食補功能，深受國人的肯定，所以那裡有一間好大的「中草藥展示館」，以及「中藥膳食館」。可惜的是或經營不善，或時過境遷，瀕臨荒蕪的邊緣，參觀後有點不勝唏噓之感。

隨後去參觀桃園縣「客家文化館」。該館建築宏偉，其主題是文學與音樂。文學館展出文學作者與其作品，隔著玻璃，看什麼我不知道。音樂可能有定時的表演，可惜我沒有看到。展覽廳，有無關客家的畫展，販賣部，亦未見有文學作品出售，走了一圈，因時間有限，趕往石門水庫的「石園餐廳」吃午餐。

參觀羅東林業文化園區

羅東林業文化園區，可說是城市的秘密花園。因為這個園區，與太平山林業與蘭陽平原，及羅東鎮的發展息息相關。

這個園區，曾在歷史上扮演過極為重要的林業生產空間，林業文化對羅東來說，是充滿活力與未來。園區的面積廣大，原為太平山林場之製材、貯木、以及林業辦公廳地址，所以保存了傳統林業文化。在園區喝了一杯咖啡之後，並參觀以下各景點：

*以檜木打造的竹林車站
*廣大的貯木池
*蒸氣小車火頭的展示
*運輸木材的小火車
*檜木雕製藝術品

然後，我們趕往預訂的〔青山餐廳〕吃飯，餐廳的建築及料理，都有創意。

註：※符號有照片說明，無法在此顯示，請參閱我的部落格。

99.12.上奇摩精選

檜木藝雕

參觀金車蘭花園

星期假日好天氣，我一家人到宜蘭去參觀金車的私人蘭花園，當然，如果要看蘭花之美、之多、之大，一定要到花博會的【爭艷館】去看，不過，得好好的花幾小時去排隊。

金車蘭花園，佔地不小，有一萬二千多坪，看了蘭花園裡栽培蘭花，才知道栽培蘭花不容易，因為蘭花又怕太陽晒，又怕沒有陽光，又怕熱、又怕冷，所以，棚架上有遮陽的設備，又要裝設能讓陽光進來的工具，整個栽培區，溫度控制在適當的恆溫下，又要有相當的濕度，完全用電腦調控設備，普通的百姓，那有如此的享受，這蘭花真嬌貴啊。

園裡有很多觀葉類的小盆栽，收集各地的原生品種，都有標名稱，有許多看過的，卻不知叫什麼。有的還很新鮮呢！

老闆是生產咖啡的，在眾多的遊客逛花圃時，當聞到咖啡飄香，所以，很多遊客就坐下來喝杯咖啡，來盤蝦子配咖啡，享受那種悠閒，真是人間樂事，人生如此，夫復何求？

休息片刻，購買幾盆觀葉的小盆栽，準備尋覓午餐的地方，首先選定網友推薦的【玻璃屋】餐廳，利用導航，找到這家餐廳，在一處很偏僻的地方，下車一看，十一點半才肯開門，以電話訊問：「能否提早進去用餐？」餐廳的回答：「有訂位嗎？」「沒有。」「對不起，我們已經客滿。」網路上再找，打電話一問，也是客滿，是餐廳的特色？還是景氣回升呢！車子繞來繞去，最後到宜蘭百貨公司用餐，家人吃拉麵，我獨挑【母子飯】，結果母子飯，是如此的一碗麵、一碗飯，所以叫做母子飯，真的好笑。

參觀大溪花海農場

星期日秋高氣爽的日子，到桃園大溪花海農場去參觀，地點就在兩蔣文化園區的旁邊，兩蔣文化園區內可以隨意進去參觀。但是，去參觀大溪農場花海卻必須要買門票，除了優待老人外，成人票還蠻貴的呢！可見歷史的文化，比不上有顏色的花卉文化。我們購票入園之後，隨意瀏覽一會兒，即搭乘園內的小瓢蟲遊園車遊園去。

該園區佔地甚廣，賞花也要看季節，它把園區花田賞花的花曆，區分為紫色夢幻、彩虹花田、風情萬種、天國之丘、金針花田。

紫色夢幻：主要是紫色薰衣草等花卉，全年都可觀賞。

彩虹花田：主要是四季海棠、情人菊等，在冬春之間盛開。雞冠花等、是在夏秋之間盛開的花。

風情萬種：主要是大波斯菊、馬格麗特菊等，在冬春盛開。

大天使花、向日葵、日日春等盛開於夏秋。

天國之丘：一串紅盛開於冬天。紫野牡丹全年盛開，千屈菜盛開於夏天。

金針花田：冬春醉蝶花，夏季金針花，紫馬櫻丹全年盛開。

園區內也有小牛仔牧場，可以看到小羊悠閒的散步，可以餵小牛、小羊吃草，溫室花坊，有小盆栽，有各種花的種子，也有園藝的各種書籍。有興趣的話可以選購。還有香氛工坊，出售有創意的手作飾品，木質文具玩具及花草香氛精油等。當然裡面有梵谷之家的西餐廳，但是我們沒有在這裡用餐，我們到大漢溪畔生活休閒農莊，裡面的凱莉廚房景觀用餐區用餐。

參觀橘之鄉

橘之鄉的蜜餞，是宜蘭的名產，於民國七十二年設立金棗加工廠，民國七十九年創立橘之鄉蜜餞形象館，二十幾年來，一直堅持：

一、堅持選用宜蘭金棗，不用外地便宜劣質的金棗。

二、堅持cas製造過程，（cas認證之優良工廠，政府監督，每月不定期的檢查，確保顧客能吃到最優品質的蜜餞，也是全國唯一的一家有透明化的蜜餞製造廠房）。

三、堅持做自已敢吃的東西，有阿嬤祖傳的秘方，也堅持不加人工色素，香料、糖精、與防腐劑而且永遠的堅持。

所以橘之鄉產品，保有新鮮的口感之外，絕對是安全衛生的。而且研發的產品很多，有貴妃系列、生津系列、心肝寶貝、天然果香、風味茶點、手工蜜釀、蜜釀四季等等，真是項目繁多，不及備載。

參觀之後，購買部分產品，除了自己作為零食，餽贈親友也是很好的伴手禮。之後在蜜餞形象館參觀及喝咖啡吃小點心。休息之後，前往宜蘭設治紀念館參觀。

參觀深坑古厝

冬日的陽光像初夏一樣，是假日出遊的好天氣。台北附近的深坑，幾年前雖然去過一次，去的原因，是吃深坑聞名的豆腐。這次到深坑是為了看古厝，這是台北縣將其訂為三級古蹟的【永安居】

黃氏家族的祖先，黃世賢先生所建造的第一座宅第，因子孫經營事業有成，仿原鄉形式，建成一座三合院，後因子孫繁衍，連續建了七座，【永安居】是其中之一。

其特色有一點廟宇的華麗，又有點像富商的豪宅，更像軍事重地的城堡。看屋脊的燕尾就有廟宇的裝飾，因為他家裡有人做了官，才可以這樣子做，看他的建材，石雕和磚雕，這都是有錢人才買得起的進口的建材，所以又像豪宅。在牆壁上，有槍射擊的孔，叫做銃眼，可見那時治安不是很好，有錢人家都是自己買武器來防守，這也是我第一次看到有銃眼的住宅。

這間古厝最特別的，也是我第一次看見的，叫做【兔耳朵】，我看過很多古厝，唯有這永安居有這種裝飾，也很實用，就是在窗子上或門上，裝上兔耳朵，然後串上竹桿，掛上布帘或竹帘，可以擋太陽或下雨時擋雨水。裡面的傢俱，主人用的、親屬用的、或傭人用的，分得很清楚，主人的床，各種花卉鳥獸，雕刻得非常精緻漂亮，家屬的次之，傭人的則是陽春型。

唯一遺憾的，就是這古厝仍住著黃氏後裔，給人參觀的只有一半而已，政府為什麼不能興建一棟房子給他的後人居住呢？讓住宅與古蹟分開，讓參觀者買了門票有不虛此行的感覺。不過解說志工，非常盡責，說明非常詳細，聽來如數家珍，津津有味。

參觀後到【舜德農莊】吃飯，真是生意興隆，二個停車場都停滿車，從點菜起到上菜，足足等了五十分鐘。這裡的白斬雞，是我吃過的白斬雞之中，最好吃的，這麼大的雞，肉質非常的細嫩、潤滑、又多汁，吃了這道菜，真的口齒留香，準備再帶半隻回家。另外就那鍋湯，雖然花了功夫，但味道並沒有特殊之處，他用蓮子和其他食材，塞入小腸之內，再和山藥煮成的湯。

參觀古厝，收獲良多。

參觀溪和食品觀光工廠

當時我在路旁看到這招牌「溪和」，下面有三個小字（三代目）的印章，我還摸不清楚，這是賣什麼東西的，車到達門口，抬頭一看，「溪和食品有限公司」。因為是下雨天，有幾部遊覽車比我們先到，看到遊客提著大包小包的上遊覽車，就知道公司的生意興隆。

上樓進入大廳，看到人潮洶湧，結帳區還要排隊。乘家人購物之時，我詳閱該公司的說明；原來老闆是龜山島的居民，以打魚為生，因島上生活不便，於是遷居宜蘭頭城，當時在海邊搭起簡陋魚寮，進行簡單的水產品加工，維持一家人的生計。一路走來，經過半世紀的歲月，維持良好的品質，建立起優良的口碑與行銷，甚至遠銷日本。

經過不斷的努力，在八十六年正式成立了「溪和冷凍水產食品公司」，獲得HACCP認證，遂成為優良的冷凍食品廠，並且在2009年加入了觀光工廠的行列。

最有名的是「美小卷」、「丁香魚」、「櫻花蝦」、「魩仔魚」、「四破魚」。因為宜蘭至龜山島周遭海域，正好是黑潮流經，加上龜山島海底火山持續的活動，造成海底上升洋流，帶來大量的營養物質，得天獨厚的成為台灣三大漁場之一。溪和的水產品，大多是來自於這片豐饒的海域。這是黑潮的恩賜。

我們參觀工作的作業流程，經工作人員的說明，都依照GHP的衛生規範，嚴格管制，連排水孔都得把關，對衛生的要求甚嚴，讓消費者放心。並且強調其加工的產品，不需要防腐劑，也沒有任何添加物，保障消費者的健康。

事業的成功並非偶然，誠信與良知，可能是最基本的吧。

參觀博士鴨觀光工廠

宜蘭的【博士鴨】，所生產的鴨製食品，遠近馳名，可說是全台家喻戶曉的著名特產品。為什麼叫【博士鴨】？為了好奇，利用假日走訪該工廠。

原來創立人，是養鴨中心兩位博士，前後任的所長王政德和黃加成研發、指導，製造出來的優良產品，為了感謝他們，以二位博士所命名，所以稱為【博士鴨】。

【博士鴨】於民國八十六年創立品牌，創立人林政德就強調，除了對吃有挑剔的老饕外，更要給消費者知的權益，提供多元的服務，於是成立台灣第一家鴨賞觀光工廠。

我們進入【博士鴨】的大門，展現在眼前的，並不是鴨子的產品製作工廠，而是介紹【博士鴨】的由來及優良產品的製造過程，以及許多台灣古今養鴨概況的照片或標本，極為珍貴的資料，可使參觀者對台灣養鴨史的點點滴滴，有很深刻印象。全程有該公司的小姐導覽說明，然後才到樓上去參觀鴨賞及其他產品的生產過程，這工廠故作神秘，不准參觀者攝影，我認為這是該工廠不智之舉，如果讓參觀者攝影，更加讓工廠對鴨賞及其他產品之製程透明化，讓消費者對產品更有信心，散播更廣，說服力更強，這不是對該觀光工廠免費的宣傳嗎？

在大廳有販賣部，販賣有關鴨子的製品，除鴨絨（毛）之外，有關鴨子的部分，可說全身都是寶，沒有那一樣不能吃的，我們購買了部分產品之後，就在販賣部熱食區，品嚐他們的三寶，即是鴨丸子、鴨餛飩、鴨香腸，每樣三粒混在一起的一碗三寶湯。味道不過如此如己！

這次參觀【博士鴨】，我期待有一天，能夠去參觀【博士雞】，專家學者加油，將來【博士雞】和【博士鴨】相提並論，則台灣老饕有口福啦。

陽明山水泡湯

湯泉賦：【山終年以凝翠，花逐節而繽紛，泉清澈其沸暖，湯色金且療肌……。】

唐　文懷沙著。

這陽明山水，幾年來去過N次，好像都沒有介紹過。這裡的湯屋不貴，水質優良，有獎牌為證。環境亦不錯，到金山泡湯，到陽明山水的機會較多，還什麼八煙也去過。到烏來泡湯，就到叫什麼日月光的地方去。

如果不是冬天的話，他的露天風呂還是不錯的，有大、小二個池，大人、小孩都可游泳兼泡湯，而且空間遼闊，在國家公園陽明山腳下，可看山上的雲霧飄渺，或白雲悠悠，亦可聽見從陽明山上流下來的溪水潺潺聲，視野十分的開闊，悠悠蕩蕩，好像與大自然共舞，可忘卻都市之塵囂。

那天天氣寒冷，我們選擇湯屋，湯屋也面對青山，視野當然沒有露天的好，還算可以啦。在室內還有裸泡湯池，價位分四種，淡季、旺季、平時、假日，生意人賺錢的頭腦真靈。在湯屋，當然私密、靜謐，反正很多文獻紀載，溫泉可以治病，尤其關節炎，聽說很有效呢。歷史上唐太宗最愛泡湯，所以他寫過一篇【湯泉銘】和當代的文懷沙的【湯泉賦】相得益彰。現代很多什麼溫泉養生會館，都是有錢人的度假休閒的地方。標榜可以治病、養生兼美容，是真？是假？但是泡湯之後，可以暖身體，因為溫泉水中，會使體內的血液快速循環，能使精神暢快，則無庸置之不疑。

這陽明山水會館有住宿及餐飲，我看了一下，住宿也不便宜呢，和五星級飯店沒有差別，餐飲也沒有在那裡嚐試過，我想價錢也必不低，所以，我們吃飯都到金山到野柳，海鮮便宜又新鮮。

雞窩餐廳

這是一間餐廳的招牌。

我知道很多人的名字，叫什麼招弟、好侍、小狗、阿牛等等，聽起來怪怪的，但是都有其特殊的意義，如招弟，大概生了好幾個女生，希望能生一位壯丁，所以叫最後這位女生為招弟。

另外就是算命先生取的名字，出生年月日五行缺金，名字就有金字旁，缺木就有木字旁一樣，或者少很多木，叫【森】吧，例如前國府主席姓林，名就叫「森」，成為很多木啊，缺水就叫【淼】，如「陳×淼」等，不勝枚舉。

開店也要有個好店名吧，或請算命先生，或有

這餐廳的店名很特別吧

學問的專家學者，取個好名做招牌，響亮好叫、好聽，或請大官或名書法家書寫，更增加光彩與榮譽感。

近來大家搞創意，不信以前那一套，只要別出心裁，有創意就好。如【差不多】餐廳，【好味道】餐廳，【好再來】餐廳……等等，前幾天又發現一家餐廳叫【雞窩】，以後是否有人膽敢取名【鴨寮】餐廳？

這【雞窩餐廳】以雞湯出名，一鍋雞湯，最便宜的也要二千元起跳，最貴的竟叫價八千多元，如果買市售的「雞精」，也可能裝滿好幾鍋，可見他的雞湯比雞精還營養，還好喝。他標榜的雞湯，是獨門的技術製作，經過長時間熬煮，加入多少高貴食材，來訂定其雞湯價格。

那天，我家到「雞窩」去享用他的雞湯，點了一道中等價位的雞湯，其味確是與眾不同，不過，和自己的新台幣過不去，也或許不會【好再來】。

不一樣的鐵板燒

三星葱名聞北台灣，特地去參觀「三星葱文化館」。只是利用三星葱，研發了幾項產品，成為該地方超級的「超級市場」吸引了人潮，大發利市。購買了部分產品，趕往「饗宴、鐵板燒」午餐。

鐵板燒的料理，再普通不過的餐廳。很多人都吃過，也沒有什麼稀罕可言。可是這家鐵板燒，特別強調互動式的，這就是與其他鐵板燒不一樣的地方。

他的座位不多，我看，二端各十位，不過二十個座位而已，我們吃完主餐後，要到另外的座位吃水果、甜點，要把吃主餐的位子讓出來。。

我們入座後，主廚首先介紹料理菜餚的調味品，其中有油、有酒、有水、有醬，有葱等等，但是沒有味精，吃的菜餚完全是原汁原味。

其次介紹客人面前的醬菜、醬料，是該餐廳自己釀製的，洋葱，是吃完一道菜之後，清口腔中的味蕾，準備吃下一道菜時，口中的味蕾，不致與二道菜餚的口味混淆，有一碗清水，是吃蝦子時，用手剝掉蝦殼，洗手用的水。洗手後服務生將這碗水拿開，另外再送上紙巾擦手，再來就是一個茶杯。旁邊放一包茶葉，要喝濃茶或淡茶由自己決定，泡好後，茶包取出放另一個杯子，喝完後，茶包再放回杯子重泡，對喜歡喝茶的人來說，蠻方便的呀！

主廚介紹完後，開始做一道一道的菜，一邊做菜，一邊介紹，這種食材從那裡採購的，經過怎樣的處理，當然最遠的是鵝肝了，從法國空運來台的。什麼時候放酒，什麼時候放油，什麼時候要加點水，都有一套順序，他說順序不對，菜餚的味道也就會變，我們一邊吃一邊看，還要注意聽他講。

不一樣的鐵板燒

這一餐吃下來，快要二小時，也可說吃得很辛若，要有耐心的用眼睛看，也要用耳朵聽，更要味蕾品嚐到美味。這就不是一般鐵板燒餐廳所有的。特此介紹，我只吃過這一次。

鐵板燒照牌

嚐鮮——大閘蟹

紅樓夢裡的林黛玉，寫了一首吃蟹的詩：

鐵甲長戈死未忘，堆盤色相喜見嘗
螯封嫩玉雙雙滿，殼凸紅脂塊塊香
多肉更憐卿八腳，助情誰勸我千觴
對斯佳品酬佳節，桂拂清風菊帶霜。

這首詩對吃蟹的描寫，可說淋漓盡致。

今年第一次吃大閘蟹，因為剛過中秋，大閘蟹就上市了。我們都知道，江蘇省的陽澄湖，是重要的淡水湖之一，水質澄清，像一塊晶瑩的翡翠，該湖水資源豐富，盛產七十餘種產品，其中大閘蟹，是湖中之寶，所以陽澄湖的大閘蟹，馳名中外。

如今，秋蟹正肥的時候，以往的經驗告訴我，大陸陽澄湖的大閘蟹，是用陽澄湖的咸草綁的，台灣出品的大閘蟹是用麻繩綑綁的，這是很粗淺辨別。那天買了幾隻用咸草綑綁的大閘蟹，應該是陽澄湖的大閘蟹。

對於吃大閘蟹的方法，我想應該隨各人之喜好而定，從那裡開始吃，都是一樣。不過，也有人認為有一定的程序，例如：首先將大閘蟹剖開，先吃殼上的膏黃，↓再將蟹身對折↓再吃蟹身的膏黃，將蟹身的膏黃吃完後，↓再吃蟹身上的肉，將二半蟹肉吃完後↓再吃八隻腳，↓最後吃蟹的鉗。這套吃法，好像太紳仕，不符一般大眾的習慣。

吃大閘蟹的工具，鉗子很重要，其次就是棒子，這種特殊的棒子，一頭有丫的，一頭有可以挖的，缺一不可，否則太不方便啦。

其次，配件也是很重要，第一是酒，這是隨人之喜好，有的愛高粱，有的愛米酒，一般來說黃酒最適合配大閘蟹，其次是醋，或者薑汁可去其腥味。

總之，吃大閘蟹也要適可而止，否則三高之害，隨時找上門來，雖然美味嚐盡，但得不償失也。

江西煨湯

我江西有一道名菜，叫做「瓦罐煨湯」。

相傳在明朝的時候，有一位布政司——湯斌，因為當時戰爭導致社會紛亂，使得許多百姓無食物充飢，布政司湯斌起了憐憫之心，就想辦法如何讓老百姓吃得飽又有營養，於是就命令官府的人員，使用一個大瓦罐，將當時官府裡的食材，一起丟進大瓦罐裡，用炭火煨煮了將近一天，然後分送給老百姓喝。後來老百姓為了感念湯斌的善行，就將這種湯的做法延續下來，加於改進，故而成為江西傳統有名的「瓦罐煨湯」。

煨湯

它的做法很簡單，功夫就出在這個「煨」字。

這是利用大甕煨小甕的間接法，是瓦罐煨湯的特色，將小甕放在大甕裡面，要用特別的木炭，如相思木炭等，這種木炭的溫度比較穩定，要有八小時以上的恆溫煨製，才能成為一甕甕好喝的煨湯。當然食材也是很重要的，要喝到好的煨湯，食材選擇上，當然以新鮮為主，現代的人健康養生的觀念，也十分重要。如放山的烏骨雞，或者豬後腿肉等，加入各種菇類或竹笙、白果等，以及其他中藥材，如人參等，不但湯好喝，也能為身體滋補養生，可以抗老，也可養顏美容。這種煨湯，因為可減去雞肉或豬肉產生的油膩感，不但味道鮮美，而且清爽可口。經過長時間的溫火煨，雞肉或豬肉都非常的軟爛，可說入口即化，不過全部食材的精華，經過長時間的煨製，都進入湯裡頭去了，所以肉可以不吃，湯不可不喝。

那天，我一家人到台北石牌一家【皇廷大飯店】，全台唯一的有江西煨湯的飯店去飽嚐口福。

雲南料理

在這台灣，要吃中餐、西餐，要吃什麼口味的料理，全世界很多國家的料理都有。尤其中餐的口味，大陸的大江南北，那一省的口味都有，隨心所欲，真是住在台灣的人，太有口福啦。

要吃辣的，四川菜、湖南菜、甚至江西菜、都有辣味，不過四川的最為有名，不但辣，而且麻，所以有麻辣鍋之名。

要吃酸的，我認為屬雲南菜了，以前我從未吃過雲南菜，前幾天去品嚐，才發現大部分的菜都有酸的味道，感到清淡而開胃，是不錯的料理。

生活在這台灣六十多年，對台灣的料理，好像習慣成自然了，也是很合口味的料理，可說百吃不厭，尤其台灣四面環海，魚蝦特別豐富，不但傳統市場有賣，各地超市，也應有盡有，不但營養，價格也很平民化呢，所以吃海鮮，成為家常便飯。

大家生活在這台灣，經過數十年的努力，經濟發展，進步快速，今年國民所得已達二萬多美元，以致消費力驚人，世界各地的美食，中餐、西餐，在這台灣到處都有，而且更講究創意，注重開發新口味，住在台灣真是福氣啦。

航空城旋轉餐廳

我曾經在北投焚化爐360景觀餐廳吃過一次飯，因為N年前，如今，該餐廳四週的景觀，可能變為滄海或桑田了。

最近桃園縣龜山鄉沙崙村又開了一家，名叫「航空城360景觀餐廳」。為了欣賞那郊外陸海空的景色，專程前往。因開幕不久，以致車上的導航設備，竟找不到那家餐廳。東轉西轉的，竟然就是在竹圍漁港邊上的漁會樓頂。因為沒預訂位子，稍候幾分鐘才入座。

這裡四週的景色，各有千秋；陸地上到處都是車水馬龍，熱鬧非凡，一片昇平景象；海上的竹圍漁港，停滿大小漁船，遠觀台灣海峽，天連水，水連天；真的「秋水共長天一色」，分不清那是海？那是天？也有點點漁船，乘風破浪前往外海捕魚；空中有飛機在桃園機場緩緩起飛降落。真是一幅陸海空景觀呈現眼前。嚐美食，觀美景，亦人生一樂也。

經營事業要動腦筋，在漁村經營餐飲業，不別出心裁，怎麼能吸引外來人口消費？所以，投資航空城360景觀餐廳，配合漁港的各項設施，卻成為旅遊觀光的一個景點，還可帶動其方面的發展與繁榮，真是有眼光啊！

丙．「雜談篇」

遙遠的祝福

那天（99年四月十二日）是良辰吉日，遠在千里之外的侄女曉嵐出嫁，我這大伯老邁之軀，無法前往參加，實感遺憾。

廿多年前返鄉探親時，她還是在襁褓之中，幾年前返鄉，她已經是亭亭玉立的少女了。高中畢業後，未能再升學，開始工作，數年後，到了適婚年齡，那天終於出嫁了。

身為大伯的我，既然無法參加其婚禮，託人包了一個紅包給她，聊表祝賀之意。希望她找到了幸福，開始人生另一段為人妻、為人媳、將來為人母的新生活。

謹此，遙祝幸福快樂！

別人的女兒出嫁，旁人只有恭喜之聲，如果自己的女兒出嫁，真是感概萬千。朝夕相處，二十幾年乖巧的女兒，從出生到亭亭玉立的少女，無時無刻的細心關懷，花多少心思？多少的愛？一日之間，竟成為別人家的一分子，雖然心中裝滿了千千萬萬祝福，傾囊相送，但是，也掩不住滿懷傷感。

古人怎麼認為：【嫁出去的女兒，就像潑出去的水呢？】我真想不透？

電腦——有你真好

電腦的進步，從DOS到WINDOWS，也不過二十多年的光景，中文的輸入，從倉頡、大易、到各種注音符號的輸入法，也不過十幾二十年的事。其間，我雖然學會了電腦的一點點中文輸入，但是，感到生活上方便很多，最使我高興的莫過於投稿的問題。

沒有電腦之前，要寫一篇文章，用一本筆記本，先寫草稿，然後塗塗改改，那裡加幾個字，那裡又要刪一部份，前一段轉到後一段，後一段又要刪掉多少句，整篇稿子，有時連自己都看不懂了。然後再用五百字的稿紙，比較正楷的字體抄上去，（這是編者的要求）然後再投到報章雜誌。因為我不是有名的作家或學者，又怕不採用，得自備貼好郵票的信封，希望不採用時能退返稿子，那時在報章雜誌發表一篇千字的文章，要花的時間之多，恐怕比現代十倍以上啊，當然名作家就不一樣，不但不會退稿，或許他的稿子還是預約的呢。

現在寫文章用電腦打字，雖然我打字的速度很慢，但是總比手寫要快了，例如一個「電」字，正寫要十三劃，就潦草的寫，也要五六劃，打字只要按三個鍵（大易）就OK啦。尤其修改方面，更是方便，要增加多少字，要刪除多少句，隨心所欲。尤其投稿方面，更是敏捷，電子郵件一按就出去了，不採用不退稿，也沒有關係，因為文章已存在我電腦的擋案夾裡面了。

我在退休後，學會一點電腦皮毛，對我的老人生活，增添了多彩多姿的日子，首先是E-mail，很多網友寄給我許多好的文章，不是一本書二本書能看到的，許多科學的知識，例如食品、醫學、用器等等，這個不能吃那個不能用，網友都會提供意見，也會告訴我如何防騙，真是感謝。也有世界各地的照片，風俗人情，真是美不勝收。更有終身受益不盡的，有關人生修養的寶貴意見。以及和大陸的親友連繫，又快速又方便。和國外的兒女連絡，不必寫信，不必打電話，約定時間，利用MSN，不花一毛錢，不但可以通話，也可以常見面啊！

看病掛號很方便，前一天就可預約掛號，不必到醫院去和別人擠著排隊，悠哉悠哉的按時前往看診就可以。還有買機票，再也不必跑航空公司這一趟了。例如購物，如衛生紙等等，何必大包小包的自己到街上抱回家，電視購物，無遠弗屆，遠在澎湖的海鮮，全台各地的水果，隨時訂購，他會送上門來。衣、食、行、育、樂，都可利用電腦來代勞。

古人有「秀才不出門，能知天下事」。如今不但能知天下事，也可一夕之間名揚天下呢。如在國外獲獎，或在世界級的比賽中拿到獎盃，就會立刻成為家喻戶曉的人物。世界之大，任何一個地方發生災難，網路新聞比報紙快得多啊！

二年前，在網路成立部落格，不但自己發表意見，更可和網友互動，甚至和網友相見歡呢。在網海裡，千千萬萬網友，有緣的相聚在一起，多麼難能可貴呀！到現在為止，將近八萬多人次，點閱我的部落格，回應或留言，亦有六千四百多人次，也表示我的回覆也有這麼多，有的欣賞我的文章，也有討論文章的問題、也有將我的文章引用過去，高達五十三次之多，蒙雅虎的厚愛，有七篇上精選呢，有的網友來鼓勵，有的來問安，有的來關懷……好溫馨啊！本想學打電動玩具，看到小朋友這樣的著迷而放棄，我也在無聊時玩開心農場，玩一段時間後，感到浪費時間，真的無聊。不如在網路上和電腦下一二盤圍棋。

如今，我的生活離不開電腦，雖然打字傷神，看螢幕傷眼，電磁波傷身，但方便啊！

發表於榮光週刊第2166期

電腦有你真好

【茶神，陸羽】能辨水？

那天泡茶，不知怎樣，竟然想起陸羽這位茶神來。

大家都知道，陸羽是專門從事研究茶葉的人，不但對茶葉的種植、製作，而且如何泡茶，用什麼水來泡茶，都很有研究呢！所以，就去查了一下資料，談陸羽的書，就不知有多少本，研究陸羽泡茶的書又是汗牛充棟。

當然，我不能再談如何泡茶？泡好茶？在專家、學者、茶人面前，不是搬門弄斧？所以，我只提出一點疑問，陸羽如何能辨別泉水？江水？我感到太神了吧。

據說：他為了研究茶葉，經常的登名山、喝名泉、採名茶，走遍了千山萬水。有一天他走到湖州的地方，湖州的刺史李秀卿知道陸羽來到湖州，因慕陸羽大名，所以，請陸羽到他辦公室去品茶，在品茶的時候，李秀卿請教陸羽：「先生認為煮茶用什麼水最好？」

陸羽回答說：「山泉水煮茶最好。」

李秀卿又問：「天下山泉水這麼多，那裡的山泉水最好呢？」陸羽回答：「揚子江金山的南泉水最好。」

李秀卿為了驗證陸羽的話，特地派了二名士兵到鎮江金山西邊去取南泉水。這二位士兵奉命去取水，在回程的途中，不小心將水桶裡的水蕩失了一半，怎麼回去交差呢？於是就將長江中的水加滿，挑了回去。李秀卿再請陸羽品茶，陸羽就當著李秀卿的面前，用木杓在桶裡漂了一下，很斷定的說：「這不是鎮江金山的南泉水，而是附近的長江水。」二位士兵慌了，連忙的說：「我們是在鎮江金山取的南泉水呀！當時還有很多民眾在那裡取水呢，他們都可作證。」

這時，陸羽不聲不響的提起水桶，將水倒掉一半，然後說：「桶裡剩下的才是真正的南泉水。」站在旁邊的二名士兵，看傻了眼，只好說明真實的情況。李秀卿聽了，心悅誠服的說：「先生真是神人。」

難怪，後人都尊稱陸羽為【茶神】，但是，他憑什麼去辨別江水？泉水？有科學根據嗎？我猜想：陸羽一定派人暗地裡跟蹤這二位士兵去挑水的情況。因為湖州（今浙江省歸安、長興、德清、武康、安吉、孝豐、烏程等七縣）要到鎮江的金山，當時沒有飛機、汽車，也沒有有蓋的水桶。挑水不能騎馬吧！靠步行，總要花點時間，陸羽派去跟蹤的人，要比挑水的士兵快，所以陸羽有先見之明，是否有「以小人之心，度君子之腹。」

茶人法香之茶席

請友人喝茶

談起喝茶，可說歷史悠久，唐朝陸羽所作的茶經記載：「茶之為飲，發乎神農氏，聞於魯公，齊有晏嬰，漢有司馬相如，吳有韋曜，晋有劉瑞，盛於國朝。」可見茶葉自神農氏已被用做飲料，到了大唐大為盛行，可以說茶的歷史源遠流長。直至現代，還很流行啊！

那天朋友魚姐，遠自台中來看花博，平時很少見面，所以抽出時間吃餐飯、喝杯茶也好。中午法香請吃飯後，我們到「元緣圓茶藝館」喝茶。我喝了幾十年的茶，第一次和有茶藝的人在一起品茗，真是大開眼界，她那種泡茶優雅的姿態，看了就令人嘆為觀止。

這位茶藝家，自備茶壺、茶杯、茶葉，茶藝館只供應開水即可。當時將茶泡好之後，也請茶藝館的小姐一齊來品茗，她說：「比本館的茶好喝。」原來友人泡的茶葉，乃三十年的陳年包種茶，我雖然是品茗的門外漢，但是對於茶的香味，喝下去之後，喉嚨裡的甘味，還真是回味無窮。桌上擺著茶藝館送來幾碟甜點及瓜子，大家隨意取用，沒有什麼不對呀！友人法香並不制止我們吃茶點，到最後她才說了一句話：「喝茶最好不要吃其他東西，才不會影響味蕾對茶的味道。」我喝了幾十年的茶，第一次聽到喝茶不要吃其他的東西。以往和友人泡茶，或友人來訪奉茶之時，都要拿一點茶點，如瓜子、花生之類的出來配茶，才算有禮貌呢！

「不經一事，不長一智。」這句話是很有道理的，最平常的喝茶，還有這麼大的學問，學到老也是學不完啊！

愉快的生日宴

網際網路，海闊天空，今天社會上對網路陷阱之多，真是談網色變。但是，我們這群網友，卻是安全又可靠，因為我們都是來自雅虎部落格的網友，或udn的網友，因談美食，何處便宜又大碗，那家餐廳有特色，菜餚有創意。何處風景秀麗，老少適宜。登何處的山，有驚險，何處旅遊，提醒網友該注意那些事，有的對詩、詞有專精，有的文章寫得好等等……。因如欣賞對方而認識。沒有人從交友網站認識的。

我們聚會，一、無論男女，不會單獨邀約見面，都是有一大群人。二、地點選擇，都是在熱鬧的餐廳或其他公共場所。三、時間都是選擇白天，沒有在晚上的相聚，四、相聚時，不談金錢，是多是少，夠用就好，更沒有借貸，以免後患，五、不談政治，免得立場不同而爭辯，只談那兒風景好，那兒美食便宜，說東道西，引起笑聲滿堂，不亦樂乎。

所以，我做夢也沒有想到，我今年的生日，竟然在網友的安排下，驚喜連連。無巧不成書，剛好有日本的網友康生，回到台北，我請法香安排請他吃便飯，法香就安排我生日那天，我說那天不行，要另找日期，所以就安排了那天（9.22.）。到達餐廳，服務生帶到坐位的地方，突然之間，在我背後傳來魚姐的聲音：「祝你生日快樂。」又給我一個很大的驚喜，遠從台中趕來，事先MAY和法香也保密到家，不讓我知道，她們說魚姐交待的。隨後又有畫家藍壁山老師和吳東輝先生到來，我與藍老師錯過二次見面的機會，一次是他開畫展，一次是老查那裡的網友會，我倆有緣，今天終於見面了。這也是給我很大的驚喜啊，吳先生雖是第一次見面，卻是一見如故，有相見恨晚之感。

坐定之後，每位網友都送我一份禮物。當場拆開，魚姐送的是金雞聚寶盒和放大鏡（老人最實用），MAY送的是金如意，法香送的是高級簽字筆，藍老師特地畫了一幅松柏長壽圖的國畫，吳東輝先生送的是最特殊的止痛磁場錠，那裡痛，一貼就好，而且每一位都有四粒，真是太感謝了。又給我一個大驚喜。

餐後，餐廳送來蛋糕、紀念品，年輕漂亮的服務小姐，來了三位幫忙合唱生日快樂歌，載歌載舞，整個餐廳熱鬧起來，在慶祝生日快樂的掌聲中，結束了這永生難忘，驚喜連連的愉快生日宴。

100.9.22.

藍老師贈畫

受寵若驚

想到去年的八・八節，不禁令人驚訝，有的大官為慶祝八・八節吃館子，竟然丟掉烏紗帽。有的人在睡夢中，一覺醒來，和家人竟成天人永訣，有人一生儲存的財富，一夕之間，為流水沖走，最慘絕人寰者，是大林村，多少生命？多少財產？遭土石流掩埋，悲天搶地，也無法挽回。一年！整整的一年，災民總算渡過難關，政府所做的，雖然無法使全體災民滿意，但是多數災民，總算得到安居樂業。

今年的八・八節，算是晴空萬里，天氣炎熱，下午五點多鐘，我全家出外用餐，街上的車輛，像是停車場，比平常多得多啊。到達預訂的「日式料理餐廳」，竟然遲到數十分鐘。差一點停車場沒有停車位了，剛好巧遇前副總統呂秀蓮，在此用餐，所以，隨扈的車輛佔用不少車位，難怪店門前、店門後站著不少人。從馬路到餐廳，可說車水馬龍，一片昇平景象。

日式餐廳的裝潢，都以黑色序列為主，包廂之隱密，絕不受外界的干擾。所以在用餐時，老板前來致意，說了一句話：「本餐廳絕對沒有狗仔隊，請安心用餐。」我的天呀！他以為我一家人，是什麼達官貴人？怕狗仔隊來攝影，來探八卦？把我一家抬得太高了吧，真是受寵若驚啊。

99.8.8.

日式料理

友人從東京來

自從日本發生災變迄今，已二星期之久，友人剛從東京來，邀幾位好友為他洗塵，並聆聽他日本的天災情況，我們選擇「台北英雄館」，地點有名，也很適中的地方。

我們都是網友，有雅虎部落格的，也有udn聯合網的，大家聚在一起，真是網海無涯天作岸，無所不談，正如網友說的：法香優雅自在，何兄的豪氣萬千，張醫師的怡然自得，康生兄有豐富的內涵，May呢，她像巾幗英雄，看她敬酒豪邁的樣子，就不簡單啊，我因為太胖，肚子又大，所以他們叫我彌勒佛。

大家聽康生談日本地震，他家雖然離震災地區有相當的矩離，但是那種搖晃的情形，如今，心中仍有餘悸，這是日本有史以來最大災難，除了地震，還有海嘯，更有可怕的核電廠的幅射問題。多少平民百姓，富貴人家，巨商富豪，他們的性命財產，頃刻之間，化為烏有，人生無常，貪什麼？爭什麼？

我們有談不完的話，但是餐廳可要收攤子了，我們只好轉移陣地，到一樓咖啡廳繼續的聊，這漫長的聚會，大家好像無意散場的樣子，只有法香體會到我有倦容，不得不提議散會，留些話題改天再談。

話不投機半句多，可見我們談話，都很投機啊！

相約在99.9.29

朋友從日本來到台北，見面時，我問他：「來台灣有何貴事？」他說：「美國一位朋友，說要回台灣，相約在台北見面」。就這樣，千里迢迢的從日本飛到台灣來，這種一諾千金的話，可見對友情的珍惜。

時間真的匆匆流逝，自我成立部落格至今三年多了，在這大千世界的網海裡，千千萬萬的網友中，二年前，在他的部落格裡，認識了這位老兄，他發表很多文章，以改造台灣為職志，如何治山如何治水，娓娓道來，甚有精闢的見解。在漫長的歲月裡，他在我的格子裡，欣賞我的不像文章的文章，多所批評指教，對這位老兄的意見，不管是正面的讚賞或負面的指正，使我受益良多。在這段歲月裡，我們彼此了解甚多，他是一位牙醫師，移居日本多年，已到達退休年齡，事業交給下一代經營，他自己過著閒雲野鶴的生活，到各地旅遊觀光。所以他光鮮亮麗的外表，比實際的年齡要年輕很多啊！

記得去年冬天他回到台灣，我約了二位網友陪同我請他吃飯，在餐廳相見不相識的情況下，終於相遇，他在台期間，我們再聚會了二次，大家甚感愉快。

相距不到一年，如今，相約在99.9.29.相聚，承蒙網友法香的安排，邀約數位相識的網友請他吃飯，他也從日本帶來有金泊的高級酒和罐頭（有照片為證）請我們呢！那天聚餐，賓主盡歡，溫馨的友情洋溢，真是難得99.9.29.聚會。

老友的近況

我有一位朋友住在南部，好久沒有見面，所以，那天打了一個電話問候他。接電話的人竟然是一個女生，立刻的反應，以為自己打錯了電話？對方喂！喂！幾聲後，我還沒有開口回應，我的朋友來接電話了，我要告訴他我是老張，我還沒有開口問剛才接電話的人是誰？他就先說：「剛才接電話的，是我最近請來煮飯的。」我說：「很好呀！有人煮飯給你吃了，還會幫你洗衣服吧！」在電話的那頭傳來嘻、嘻的笑聲，我意會到了，接電話的一定是新娘。

我的朋友，個性高傲，有遺世獨立的風骨，他的同事、朋友大家都窮光蛋的時候，竟然有的結婚了，而他竟嗤之以鼻，認為自己都養不活，還敢結婚？年復一年的過去，年歲漸長，雖然有積蓄了，有了結婚的念頭，但是歲月不饒人，兩鬢斑白，老態出現。欲找的對象越來越難。年輕的與自己的年齡懸殊，有老少配的感覺，怕將來鬧出大笑話；年紀大的除寡婦外，那裡去找黃花閨女？結果東挑西揀的，一拖就是多少年了。結婚的友人，夫婦倆克苦耐勞的奮鬥，不但養活自己，連子女也養育成人，個個成家立業，而今子孫滿堂。可是，他自己仍然是獨居老人。

歲月的流逝，永遠不會回頭，瞬間又是一年的開始，他在朋友的建議之下，與一位寡婦結成連理。現在七老八十了，有人煮飯、洗衣，陪伴散步，陪伴聊天，相互關懷，多好。

因為花無百日紅，人當然沒有千日好，有朝一日傷風感冒了，起碼有老伴侍奉湯藥，走不動時，坐輪椅也有人推呀！

朋友！祝你遲來的幸福

母親節憶母親

一年一度的母親節，應該是很偉大的日子，比起其他什麼節日，其意義之深、之廣、之高……絕對駕臨其他節日之上。小學生寫「媽媽」的作文時，都會寫「羊有跪奶之恩，鴉有反哺之義」。對母親的養育之恩，感念不已！

本想寫母親節的由來，這些資料太長，照抄沒有意思。又想介紹有名的媽媽科學家，已有很多人介紹過啊！想來想去，還是寫自己的媽媽吧！但是十八世紀末葉的媽媽，也沒有什麼豐功偉業，值得歌頌的。不過在我的記憶裡，有一件事情，至今七十幾年了，並沒有被時光沖刷掉，如今憶及，還是很鮮明的印在我腦海裡，就是在我生病時發生的。

在我贛南山區的農村，那時醫藥非常的貧乏，小朋友感冒、咳嗽、發燒……，唯一的藥品，就是草藥。（其實大人也是一樣）其次就是求神問卜。那次不知道生什病？一直發燒，好幾天，草藥無效，只有求神問卜了，我的媽媽就背著我這個大小孩，走了幾十里的路，到一座山上的廟宇，去求神明保佑，在菩薩面前跪了好久，求得一枝籤，買了一瓶有加持的神水和一包草藥，來回走了半天。後來聽媽媽說：抽的是中上籤，籤上說我的病並無大礙，不必憂心，買的神水喝完，草藥煎了二次，喝了二天，也就不發燒了，那觀音菩薩真靈。

現在思及，可能因感冒喉嚨發炎，而引起發燒，感冒都要多喝水，加上草藥可能有消炎的作用，故感冒很快的就好了，當然就不會發燒了呀，什麼菩薩很靈。

如今遙望西天，祝媽媽母親節快樂。

今年母親節，媽媽們的願望是什麼？網路調查，多數媽媽喜歡全家在一起，就感到很快樂。所以，我家有二位媽媽，就到餐廳去團聚囉！

再談霸凌事

【孩子在他班上，縱使書讀不好，起碼孩子不會變壞。】

校園霸凌事件鬧得沸騰一時，如今趨於平靜，我現在的意見，在那時提出來，一定會被臭罵得體無完膚。其實，在三十幾年前，我就寫過一篇反對體罰的文章。（由贊成到反對，68.3.22.國語日報，收集在「濤軒散記」一書）如今看到校園的霸凌事件，又改變了我的觀念，所謂「棒子頭上出孝子」，國家「求忠臣於孝子之門」。前賢的名言，不無道理？

現代的校園霸凌事件，不是發生於現代，數十年前就有，不過如今爆發而已。自從有專家學者提出禁止體罰以來，學生的管教，就越來越困難了。

我很早就主張不要體罰，用愛來代替，但都事與願違。我做了二十幾年的教務工作，過去小學生，（我只談小學的）二、四年級都要重新編班，那時學校還沒有電腦化，完全靠老師用人力來完成。同年級有十個班級，級任導師有年輕的、有年紀大的，有求好心切的，也有修養到家的，雖然學校有將該年級、班級排名，表揚成績優良的班級，對於成績稍差的班級給予鼓勵，但是，對老師的年終考績，學生的成績仍然列為重要的參考因素。

暑假是編班的時期，家長請托的，就是要將其子女編到某班級，有的是請議員幫忙，有的請家長會長來關說，甚至有請教育局的官員來施壓，當然利用親戚朋友關係的更多。因為該班導師，教學嚴格，體罰得利害而讓家長欣賞。家長的意見是：「學生在他班上，縱使書讀得不好，起碼孩子不會變壞。」至於修養好的老師，學校對其評語是放縱、不管。上課的秩序一個「亂」字。

自教育當局禁止體罰後，曾有熱心的老師因體罰而吃過官司，請了多少人向家長請求和解，最後花錢消災。從那件事之後，幾位同學欺侮弱小者，乃家常便飯，霸凌的名詞尚未出現，網路還不發達，新聞媒體也沒有這麼進步，情況也就沒有今日之嚴重，故未受到重視。

大家有親戚朋友當老師的，可以問問這些老師，現在學校最傷腦筋的事是什麼？就是對頑皮的學生不敢管，既不能打、也不能罵，只好視而不見，聽而不聞。

所以霸凌事件日益嚴重。盼教育當局能開放適度的管教權，霸凌事件我相信將會有所改善。大家不要以為新聞媒體沒有報導，霸凌事件就不成在了。

窗台上的春天

今天早上，又是細雨綿綿，又冷又濕的天氣，沒有外出散步，坐在客廳的窗台前，偶然發現過年時買來的銀柳，插在花瓶裡，竟然長出幾片嫩綠的葉子，可愛極了，真的春天來了。

腦海裡好像浮現出，走出戶外踏青的一幅畫面。看見路旁、溪邊、山上到處一片翠綠，每一顆樹，每枝小草，都長出鮮嫩的葉子，很想用手去摸一下，又怕它們這麼稚嫩的葉片受傷，憐憫之心，悠然不忍去蹤觸它。窗外救護車的悲鳴聲，把我驚醒了，拉回現實。

所謂一葉知秋，一片紅葉，可以帶給千千萬萬人無窮的思念。一片嫩葉，也可知道春天的到了。

科學雖然了不起，可以帶人上月球，一顆原子彈可毀滅千萬人，可以複製牛羊，可以……。但是科學再萬能，也沒有辦法製造大自然四季的運轉，花開花落，依序出現。科學可讓武陵農場的櫻花在夏天盛開嗎？如今開花的季節，又冷又濕，賞花人，多不方便呀！

人生也是有自然的規律，有生必有死，所以離別是必然的結局，有聚必有散，這也是人生，因此以喜樂之心，邁向人生旅途。

101.6.2上奇摩精選

向西方遙拜

在我國吟詠清明佳節的詩詞當中，我獨愛宋朝高翥「清明對酒」這首七言律詩。

南北山頭多墓田，清明祭掃各紛然；
紙灰飛作花蝴蝶，血淚染成紅杜鵑。
日落狐狸眠塚上，夜歸兒女笑燈前；
人生有酒須當醉，一滴何曾到九泉。

對清明節掃墓的描寫，雖然有些消極，卻是描寫得淋漓盡致，非常妥切。

遷移來台，最初四十多年的時間裡，每到清明佳節以及前後幾天，看到本地人，扶老攜幼的到郊外去掃墓，真是好羨慕他們喲！因為我們也有祖先呀！就無法去盡一點「慎終追遠」之意，後來大家思親之情，日復一日的濃厚，幾位朋友商議，就在清明佳節這天，買些香燭、紙錢，走到郊外去，面對西方遙祭一番，以表思親之情，這箇單的遙祭，也有人淚流滿臉啊！

後來開放探親，很多人迫不及待的急著返家，開放第一年，就返鄉探親，第一件事，就是找尋父母，結果大失所望，就買了一大堆香燭、紙錢，在兄弟姊妹的陪同下，到亂葬崗上，面對一堆黃土，在父母的墓前，痛哭流涕的祭拜一番，表示未盡孝道之過，總算了卻生平一點心願。

後來，很多人寄錢回去給自己的兄弟姊妹，請他們將父母的墳墓，大修特修，以彰顯對父母的孝思，然後，每年都在清明節的時侯，趕回去掃墓，然而年復一年的過去，回鄉掃墓的漸漸稀少了，因為歲月的凌厲，漸漸衰老，而成為心有餘而力不足，奈何？

其實，人生就和其他萬物一樣，生、老、病、死，無論聖賢豪傑，公侯將相，無一倖免，最後黃土一杯。不可能「生長松之千尺，產靈芝而九莖」。墓地不荒煙蔓草，荊棘叢生就好啦。如今，在這台灣，地狹人稠，黃土一杯亦難求呀，了不起一罈骨灰而已矣！

如今在大陸祭拜祖宗的祖產，已被中共沒收，連老祖宗的墳墓，在文革時期，也被紅衛兵挖掉了呢！真是滄海桑田，世事難料啊！

春耕夏耘秋收冬藏的農村

那天和友人到鄉下去訪友，走在一片綠意盎然的農田道路上，偶而看到一二位農夫，在田間走來走去，大概是在巡視稻田灌溉情形，顯得十分的悠閒。真是一幅農家樂的畫面。不由得想起家鄉的農村生活。

至今七十多年前了，我家農村裡，沒有電，沒有收音機更談不上電視、電影，現在仍想不起有什麼娛樂。

農村一年四季，就是春耕、夏耘、秋收、冬藏。

在春耕的日子裡，大家都忙著，有的整地，有挑肥，播種、插秧，整個農地，都是農民在工作的畫面，尤其在春雨綿綿的日子裡，男女老少都穿著簑衣，行走田間，或站立田地裡，像極了漫畫家畫的「垂釣的簑笠翁」。到處綠油油的一片，池塘邊、河岸上，點綴著桃花紅李花白。真是春暖花開的日子。

夏耘的日子，農民在炎熱的夏天，照常的工作，除草、施肥，耘田（每一株禾苗的四週，都會長雜草，耘田，就是將禾苗四週的雜草踩入泥土，讓其腐爛成為肥料）。必須在禾苗多少天後，長到一定的高度，要在十天、半個月的時間內將耘田做完，否則，野草長高後，耘田時就不容易將其踩入泥土裡，當然有種雜糧的旱地，也會長出雜草，這種除草，就不叫耘了，而是叫撿野草。

秋收的歡樂，是秋高氣爽的日子，也是農夫一年辛勞收獲的第一次（我的農村稻穀一年收成二次），忙、忙、忙，整個農村，不管男、女、老、少，都有一份工作，一直忙到中元節，所謂「七月半，轟轟讚。」意思就是七月中旬以後，家家戶戶都有收成，過中元節、中秋節的時候，賣一擔稻殼，過節所需的用品、食品，祭品都可購買齊全，敬鬼神，宴請親朋好友，熱鬧非凡。

冬日將農作物都收藏好了，是農村的最清閒的日子，女的是做女紅的事，如繡花、做鞋、或縫補衣物。男人，大多是上山砍柴，或出外打工，賺點零用錢，準備過年所需，老人有的打紙牌消遣，或講故事給小朋友聽，農村一片寧靜、祥和。

「日出而作，日入而息，鑿井而飲，耕田而食，帝力何有於我哉。」前四句很標準的寫照，但是民國時代，不是帝王時代了，田賦的徵收，一點都不能少啊！在抗戰時期，聽大人談論，田賦的徵收，超過四年呢。農民繳明年的、後年的、大後年的田賦呢。在這台灣，政府有超收人民明年的稅賦嗎？只有人民欠政府的啊！

會動的清明上河圖

「清明上河圖」，是中國歷史上著名的一幅長卷畫，我想，在全世界的華人，稍具知識的人，應該無人不知無人不曉。他描繪了古代中國城市，北宋開封府人民生活的盛況。畫面由郊外逐步進入城市，表現出人民生活的富裕及都市的繁榮，一片安和樂利的景象。這畫是由宮廷畫師張擇端所繪的，後來有人模仿繪製，最著名的是明代的仇英版，和乾隆年間的清院版。

上海世界博覽會，中國館鎮館之寶——會動的清明上河圖，在上海世博其間，想進入參觀者，豈止千千萬萬人而已，去領預約參觀卷，就得排隊四小時以上。今天在這台灣，何其有幸，從七月一日起，至九月四日止，在台北花博爭艷館展出，隨時都可以進去參觀，怎不感謝主辦單位——聯合報系與上海世博會事務協調局。

那天和友人去參觀，在捷運圓山站下車，幾分鐘到展覽會場，入場後，租借語音導覽機，有二分導覽指南，依照語音導覽與導覽地圖的順序對照，配合參觀。導覽地圖上的順序有二十一項，前五項是在大廳，靜態的導覽，有張擇端和仇英二幅清明上河圖。從第六項開始，進入動態的觀賞。

這幅會動的清明上河圖，是清院的山塞版，我仔細的看了一下，發現山塞版和張擇端版，並沒有什麼不同之處，或許我們不是專家，看不出來。

語音導覽，特別介紹十二個必看景點，而且每二分鐘變換一次白天，一次黑夜，所有的人物，以及牲畜、船隻、獨輪車、轎子等，還有說書的下棋的等等……都栩栩如生，不但會動，而且還有聲音，舉手投足，全是市井小民的生活寫照。尤其夜晚的景色，張燈結彩，那種歌舞昇平的繁華景象，與現代的豪華酒店霓虹燈比美，毫無遜色。

總之，有機會看到會動的清明上河圖，真是三生有幸。拜科技之賜，使我們能夠時光倒流，看到九百多年前，宋代城鄉人民的富裕生活，以及清明時節的盛況，乃是人生一大樂事也。

明天更快樂

我聽到一首歌「明天會更好」。
可是，我不祈求明天更好，但我祈求明天更快樂。
老，代表夕陽西下，代表人生往終點前進……。
可是，我這老人在這夕陽西下，近黃昏的時候，卻看到滿天的晚霞，彩色繽紛，真的夕陽無限好哦！其次，在這耄耋之年，竟然在部落格上認識這麼多朋友，他們不嫌我這老人的瘋言瘋語，天天都有網友來點閱我的文章並噓寒問暖，多溫馨啊！有的遠從海外歸來的網友，亦邀約見面，談東論西，也是快樂無窮哦。所以，我要讓每一天都過得快樂。我雖然不期待「明天會更好」，但我要求明天更快樂可以吧！
走過無數的歲月，已經知道它的凌厲，它使老人一切都走下坡，只有血壓往上爬。沒有關係，現在有健康保險，醫師很高明，藥物很有效。吃的雖然不是山珍海味，都是一些青菜豆腐，專家說很營養呢！

常人說：一個人要睡得十分好，吃得七分飽，就會很健康。所以，我坐著都能睡呢！當然睡得十分好。吃的方面當然七分飽，因為有很多東西想吃不能吃呀！

快樂一定建築在健康的身體上。所以，先求健康，快樂就會跟著來

往事不是如煙啊

很多人都慼嘆「往事如煙」，尤其年紀稍大的人，苦的多喜的少，都希望不愉快的事，如煙一樣的盡早散去，留下的往事，都是如花似蜜呀！

每一個人都有很多往事，尤其童年往事特別多，我記得在我童年的時候，放牛吃草，是我記憶最深的一樁事。

我的家是在農村，農村裡，幾乎家家戶戶都有養一頭牛，二家三家合養一頭牛的也有，那是耕作的農田少的原因，牛是農村必需的勞力，每當播種之前的犁田工作，或者收成後的翻鬆土壤，非牛力不可，所以，養牛是很重要的事，每天必須早晚各放牛一次，牽牛到郊外去吃草，如果是雨天，只好在家裡吃乾草了。尤其在春日早晨，日出之時，天色矇矓之際，被爸媽叫醒，也不敢賴床，就起身牽牛出去了。那時我好貪睡啊，雖被父母叫醒，但是，那時不是牽著牛走，而是迷迷糊糊的，被牛牽著走，走到有草的地方，牛就會吃草了，讓牠自由自在的吃草。可是，就有倒楣的時候，牠不吃草，而偷吃農家種的作物，下意識的感覺到，牛怎麼不走了呢？這時，就會在新鮮空氣裡清醒過來，一看，這還了得，牛鞭就不斷的打下去，趕快離開，免得被別人看見。有時，很順利的到達山邊有草的地方，就讓牠隨意的吃吧。有時騎在牛背上，望著天邊斑爛的朝（晚）霞，時而驚嘆，有時和同伴指著天邊的雲朵，看那像蒼狗，看那像仙人，看那像鳥的形狀、看那像⋯⋯。我們高興的談天談地，雖然我們都沒有手錶，但是，都很準時的牽牛回家吃早餐。然後上學，那時，也不知道以什麼為依據。（忘記了吧！）

我們最高興放牛的日子，就是叫做放冬，所謂放冬，就是秋天農家收成之後，牛可以隨便放出去，沒有偷吃農家作物之慮，一大群牛，只要一二位看管即可，其他的人就去撿蕃薯來烤（農田收成後總有漏網之魚），這種烤蕃薯，比現在的麥當勞炸薯條，好吃千百倍呢！這是星期假日，才有的機會啊。

放牛吃草，本是童年深刻的記憶，很愉快的事情，往事怎麼會如煙呢？也不知道為什麼「放牛吃草」，竟然變成沒有良心的老師，對待學生的寫照。

年年歲歲平安幸福

「年年歲歲花相似，歲歲年年人不同。」唐詩選

桃花紅，李花白，花開花謝，結實纍纍。日月星辰，四季運轉，循序進行，從不間斷。大自然以人類不可能的力量，使桃李開花，以精準的力量，使宇宙運轉。雖然「年年歲歲花相似」，但是，人生無常，生死聚散，時勢變遷，真是「歲歲年年人不同」。

回想過去，整個世界，天災人禍，多少無辜的人民，迫於妻離子散，生活陷於水深火熱之中，但是天災無可避免，人禍為什麼常常發生？

希望我們的國家，對天災的預防，損失減到最輕，人禍，不要發生。大家致力於和平繁榮，希望政客們，祛除私心，以民眾的福祉為念，也可使歲歲年年雖無常，卻相似。

希望我們整個社會，都能年年歲歲花相似，沒有爾虞我詐之事發生，大家都是

健康、快樂，平安、幸福。

希望我的朋友，都能欣賞「春有百花秋有月，夏有涼風冬有雪」，過著春夏秋冬，四季嬗遞的美好時節。

希望我的家庭，「雖然沒有大花園，春來秋回常飄香，雖然沒有大廳堂，冬天溫暖夏天涼……，為可愛的家庭」，平安度日。成為【年年歲歲花相似】。

希望我自己，不求老天爺給我長命百歲，但願老天爺讓我能夠【無疾而終】。

我是標準的愚人

「愚」字，我查辭海（嘉大書局出版），一、自稱的謙詞：例如愚見。二、欺騙：例如受愚、愚弄。三、笨、不聰明：例如愚笨、愚蠢。

我是標準的愚人，是屬於第三種，笨、不聰明。日常生活千頭萬緒，我沒有辦法將每項都做得很好，所以，我常常自嘲自己是「二愚。」因為有一位藝術家名叫「二呆」，可是，他這「二呆」，一點都不呆呀！字、畫、雕塑……樣樣精通，在澎湖文化中心旁邊，建有「二呆藝館」。我這「二愚」，可真是貨真價實的愚笨、愚蠢。

記得開始使用手機的時候，很多人都用一條小帶子掛在脖子上，晃來晃去，我認不太好看，所以，我就自作聰明，找一條鍊子扣在褲袋裡，感覺雅觀一點。有一次，在大庭廣眾之中，電話鈴聲大作，當然趕快接電話，可是鍊子太短，要彎下腰，低下頭才能接聽，但是又不願意做這種醜態，硬是要將手機拉到耳朵邊來聽，這一拉可好了，將褲子的口袋拉裂了一大片，結果更醜。

有一次在便利商店買東西，付了錢之後，要走時竟將別人的東西拿走，別人從後面追來大叫：「先生，你拿錯了東西。」我猛一回頭，一看手上的竟是別人買的，裝出一幅傻笑的樣子，拼命的說對不起。還好，自己買的東西比較貴，拿到別人的比較便宜，否則，別人以為我貪小便宜呢！這種醜事都會發生，不是笨是什麼？

有一次，真是愚不可及，到現在記憶猶新。在那如火如荼推行「克難運動」的時代，我們要塞部隊，有人種菜，有人養雞，有人養羊，甚至有人養牛呢！我胸無大志，所以，開墾一塊地，種點青菜就好了，從墾荒到播種，至長出菜苗，都很順利，那天天氣非常炎熱，中午去查看菜圃，整片菜地，青青嫩葉，垂頭喪氣，這時我著急了，趕快為它們澆水，澆完水之後，自己還得意洋洋回去告訴伙伴們，引起哄堂大笑。他們這一笑，我還是丈二和尚摸不著頭呢，接著聽到一句：「你完蛋了啦。」「怎麼？」我反問他們，A君回答我說「吃了晚飯你去看就知道了。」真的，晚餐後到菜地去一看，大叫一聲：「我的天呀！」

真的，不經一事，不長一智啊！我這「二愚」，並非卑謙之詞。

小黃

小黃（計程車），是我步入老年最愛的朋友，並不是我有錢，也不是故意的選在進入老年後才愛他，當然有原因的，就讓我講出來吧。

在我的童年及幼年和青壯年時期，算是生不逢時，是在戰亂，貧窮的時代，尤其我的故鄉，更是貧窮落後，因為在山區，交通閉塞，除了種田之外，沒有其他的謀生行業，到任何地方，都是靠一雙腳，走來走去，都不會走出百里之外，任何物資的運輸，都是靠挑夫。什麼地上爬的（車輛），天上飛的（飛機），海中游的（船舶），這些都是神話，有幾個人看見過？不是戰亂，有誰離開過那古老的地方？生於斯，長於斯，死於斯，就這樣數十代人延續下來。

貧窮，落後，也有被擊倒的一天，有的人因戰亂而離開那古老的山城，走遍大江南北，飄洋過海來到台灣。初來這寶島，也是經過貧窮落後的日子，在部隊每天吃二餐，連飯都吃不飽，（曾發生過搶盛飯而打架之事）。雖然也經過「二年準備，三年反攻，四年掃蕩，五年成功」的口號下，也經過「漢賊不兩立」的年代，一直到「三民主義統一中國」的時期，起碼在驚濤駭浪中，渡過沒有戰爭的日子。所以，這寶島也開始一天一天的走向繁榮、富裕日子。

台灣正在一步一步的走向繁榮富裕的時候，正是我的青壯年時期，那時努力奮鬥，為台灣的繁榮富裕付出青春歲月，而今大家正在享受甜美的成果時，我經歲月的凌遲，已步入老年。

當年靠二條腿走路的日子，已經由腳踏車、三輪車、摩托車、到汽車代步的時代，遠程則以飛機、輪船取代。我恭逢二條腿、腳踏車、摩托車的日子，要到開汽車之時，我已衰衰老矣。

老人總有出門購物，出外訪友的時候，雖有免費的公車票，但是老人笨手笨腳，上車刷卡之後，汽車啟動行駛，那時搖搖晃晃，縱使後面有年青人讓坐，也無法向後移動半步，那種窘態並非一般常人能體會，所以小黃成為我最愛的好友。

就醫

那天我去中醫診所看病，回程遇到一位朋友，他問：「老兄去那裡呀？」我說：「去看醫生。」他說：「醫生有什麼好看的？」我說：「身體欠安才要去看醫生呀。」「老兄你就說去看病嘛，為什麼要說去看醫生呢？」他回答我。

回家想一想，剛才友人說我講話不對，明明是去看病，為什麼說是去看醫生呢？這是辭不達意？難怪被朋友糾正。這種經常用的語言，很多人都習以為常，很少人會去注意。

這位中醫師也是夠大牌的，我看醫院的簡介，她是福建泉州遷台，祖傳第五代的接班人。不要說當天，就是一星期內能掛上她的門診，就算不錯啦，一般都是二個星期才能預約到，所以她只看預約的病患。這診所的預約也是與眾不同，只有預約日期沒有診號。因為醫師都是上午九時看診，我是當天九時到達，已經有十幾位預約的病人，在排隊掛號，我得乖乖排隊等候掛號候診。在一般的醫院預約掛號，都是某天第幾號，她只有預約日期，沒有診號，診號當天掛號才有。

輪到我走進診療室坐定後，醫師問：「第一次來？」我回答：「是慕名而來的。」她又問了一些我的病史及現況，就開始望、聞、問、切的細心診斷歷程，又量血壓、又按脈搏，再看舌頭、又看鼻子，然後輕聲細語的，非常親切告訴我：「你的氣喘病，健保給付不夠，因為加了一些比較高貴的藥材，要自己負擔一部份，是否願意？」我說：「過去以健康去賺錢，現在用金錢來買健康，看看能否買到？如果能治好我的氣喘病，花點錢是應該的。」她說：「我開一星期的藥給你，如有改善，下次再來。」這句話，我的解讀是「如果沒有改善，就不必來啦。」

如果金錢能買到健康，像王永慶先生、郭台銘先生等大企業及其家族，個個都是長命百歲；事實上，王永慶先生走了，郭台銘太太也是上了天堂，我看，金錢雖然萬能，卻不一定能買到健康。

中醫之神奇

中醫之神奇，非親身經歷，無法體會其神之處。

我過去都不相信中醫，因為中醫的望、聞、問、切，毫無根據，祇能憑醫師自己的感覺，妳生了什麼病，該用什麼藥治療，是否有效，也無法立竿見影。西醫就不同了，用科學的方法，用科學的儀器，去找到生病的源頭，例如：咳嗽，先照X光，經醫生判定是肺炎，這就是生病的證據，該用什麼藥，立竿見影的藥到病除。所以，我過去對中醫的排斥，對西醫的臣服。

近年來，我對中醫的觀念改變了，西醫雖然科學，但是有的罕見的疾病，西醫也是束手無策。馬公有一位老中醫師，沒有醫師執照，（坊間稱他為密醫。我看見警察都找他看病。）但是對於疾病治療，卻能藥到病除。因為他的年紀大了，醫師執照考試，他並不熱中，因為子女長大有成，家境小康，所以，看診的生意毫不在乎，完全以服務大眾的心情，為病患看診，相信他醫術高明的人，自然會找他。

有一次我朋友女兒的舌頭，無意間看她說話發現，舌頭中間裂開有一條很深的溝，（起碼有五公厘深）但是不痛也沒有不適的感覺，所以，之前並未發現。知道後為恐後患，去醫院找西醫治療，結果內科、外科、耳鼻喉科的醫師，都瞠目結舌，未見過此病。祇好轉而求助中醫師，就是那位老先生，看了之後，問他：「這是什麼病？」他說：「沒有什麼關係。」拿了三天的中藥粉，竟然藥到病除，舌頭那條溝不見了，如此神奇，豈敢不敬佩其醫術之高明。這是我對中醫的觀念改變之一。

其次，最近有位友人臉上長的像青春痘似的毛病，七十多歲老人，怎麼會長青春痘呢？去找皮膚科的專科醫師。而且他的診所，九點開門，八點就有人去排隊掛號呢！那天掛號後，進入診療室，醫生抬頭一看，就說：「這種無法治療，妳去找雷射的看看。」就這樣，叫下一位入診，一百元的掛號費就這樣白白的送掉。再找另一位皮膚科醫師，他仔細的看診後，他說：「這是汗線阻塞，所以發炎。」也是勸告去找雷射治療，並且拿出皮膚病的圖鑑來看，對照之下，果然和他所說的相符，連掛號費也退還，算是有良心的醫師。

友人臉上的毛病，祇好去找中醫師試試看。否則就要到台大或榮總去。剛好住家附近有位有名的中醫師，「泉安堂中醫診所」，就在永和區竹林路4號，院長卓玉玲醫師。那天前往看診，才知道要預約，不看臨時掛號的病患。（因為預約病患夠多了，無法再看臨時掛號的，如果病患是她常看診的，遇到急診的，還是會抽出間來診斷其病情。）預約時間要二星期才有空，那就等吧。預約那天九時前往，仍再掛一次號，已是十幾號了，候診時，我東看西看，發現她是福建泉州遷台第六代祖傳的醫術。等呀等的，終於輪到了，進入診間，才看見卓院長的風範，屬於青年才俊類型的中年婦女，經過輕聲細語望、聞、問、切、的診斷，她說話了：「我將調整妳的體質開始治療。」祇有答應：「是，謝謝大夫」。開一星期的藥，再預約下一星期回診的日期。這位醫師診斷後，起碼她認為可以治療，從調整體質開始，可能需要一段時間，那就耐心的讓她治療吧！每次回診，都要經過望、聞、問、切的階段，都要調整藥品藥量，有時十天一次十天一次的回診，不到三個月的時間，臉上的痘痘就不見了。並沒有留下任何痘痘的痕跡，臉上的皮膚，和以往一樣的亮麗。可見醫師醫術的高明，又一次見證中醫的利害，豈敢不佩服？

西醫不能醫的，中醫竟治療痊癒，中醫、西醫，孰優？孰劣？誰敢評斷？所以，如果那二位皮膚科的醫師知道此事，不知作何感想？

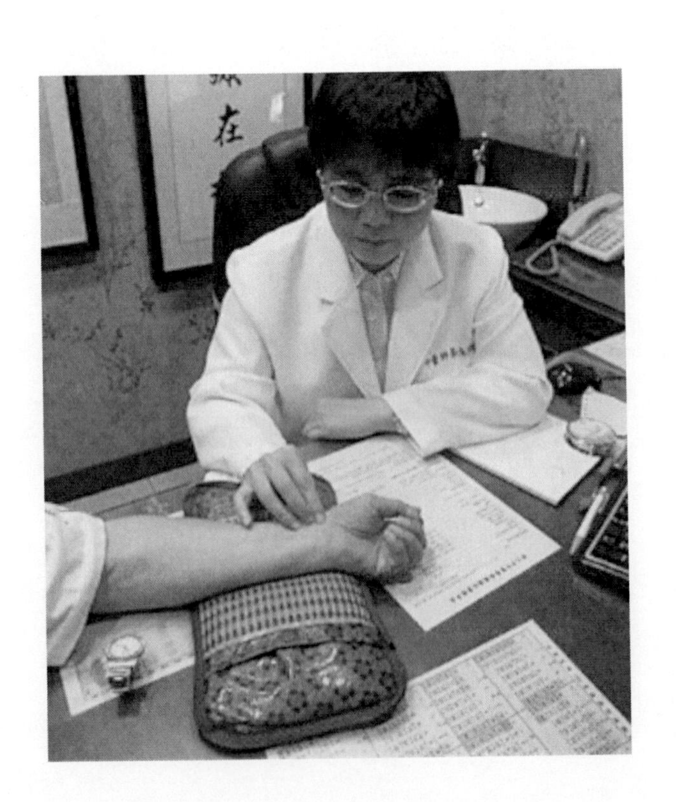

眼疾之苦

最近因眼疾之苦，苦不堪言也。過去和年長的朋友相聚時，就常聽到朋友的抱怨，眼睛看不見，越來越嚴重。我常勸他們：「趕快去配眼鏡呀！」現在才知道不是配眼鏡的問題。

「眼睛是靈魂之窗」大家都知道，但是，到了老年，才發現眼睛長白內障了，可是，在年青時，沒有聽說要如何預防老年人白內障呀？經常聽到的，都是如何預防近視，「看書要在光線充足地方」「看書的時間不要太久」「要到戶外多看綠色的」「少看電視，少玩電腦」這些都是預防近視的口頭蟬啊！但是，如何預防老人的眼睛不長白內障？我就沒有聽到一言半語，有關預防白內障的口號或標語。

我年青時，也曾三更燈火五更雞的利用眼睛，也曾在報章雜誌發表一些作品，集結出版【濤軒散記】一書，近年為了學習電腦，也在電腦螢幕前，日以繼夜的盯著螢幕不放，尤其文字的輸入，因不會注音，學習其他方法——大易輸入法，花費不少的時間。總以為眼睛有用不完的能量，何曾珍惜過？尤其，近年在網路成立部落格，經常要發表文章，學習各種技巧與知識，拜訪網友，回應留言，以及網友的留言或回應的回覆。如今，無法常去拜訪網友，因為你們的網頁，或字體太小，或顏色的原因，無法閱讀，甚感遺憾。至於留言或回應的回覆，仍可勉強為之。本想停了部落格，但是，又對很多格友失去聯絡的平台，不停嗎，又沒有新的作品給大家批評指教，又好像蹲在廁所不拉糞一樣，別人看到就討厭。

過去我每天閱讀二大報，每週閱讀二份雜誌，以及每二週必讀新書一本，還有網友寄來的E-mail，雖感到忙碌，但覺得生活很充實。如今，看書要拿放大鏡，不到半小時，不是手酸就是眼睛感到不適，必須休息，看到精彩處，祇好仰天長嘯，閉目沉思。

有網友介紹專治白內障的專家，有網友建議，不成熟的白內障，絕不能開刀，有的網友認為，白內障的成熟與否，和手術沒有必然的關係，意見很多，莫衷一是。最近有位住在新店的友人來訪，我們相交六十多年，大家都白髮蒼蒼，老態龍鍾，談到眼睛，他是白內障開刀，將眼睛開瞎一隻的受害者，強烈的建議我不要隨便開刀。

現在有網友介紹，用紅酒泡洋葱，每天喝一點，數月來，感覺不錯，雖然沒有進步，但是感到沒有惡化，因為看電視時，那字幕有時看得清楚，甚為高興，但是，有時就感到糢糊，一時也就高興不起來。年輕的朋友，請愛護靈魂之窗啊，不要再步我的後塵。

其實，老人之悲哀，其止眼睛而已矣！

參觀花博為友人慶生

台北花卉博覽會，看過的人，沒有那個人不說【讚】的，除了露天種植的花卉，一大片一大片的，非常鮮艷好看之外，還有在室內的「爭艷館」。我們走進這偌大的館內，大家驚嘆不已，拿出照像機不停的拍。這裡展出許多名貴的蘭花，一株蘭花所開的花朵，有的幾十朵，甚至幾百朵的，簡直像一串串的花鍊從天空垂下，遠看我認為像【蘭花瀑布】呢。而且蘭花種類之多，花朵顏色之艷，參觀者，無不瞠目結舌，嘆為觀止，難怪會驚艷世界。據說爭艷館展覽的花卉，每二個月更換一次，所以，「爭艷館」是這次台北花卉博覽會有「館中館」之稱。還有科學方面的，如未來館、夢想館……等，以及古色古香庭園風貌的花茶殿等等，因為時間的關係，其他館容後再去參觀。

網友魚姐家住台中，早就想來參觀花博，一直等到法香生日那天，以看花博為名，專程北上。我們住在台北的幾位朋友，我、法香和may，除了陪她看花博外，在西餐廳請她吃飯。可是，那天是法香的生日，我一直矇在鼓裡，一點都不知道，我總認為有朋自遠方來，請魚姐吃便飯而已，她們舉杯向法香祝她生日快樂，我才恍然大悟，原來他們來慶祝法香的生日。她們有沒有送生日禮物我不知道，我就是沒有送，真是白目啊。餐廳裡的小姐，也送來象徵性的蛋糕及蠟燭，還幫我們唱生日快樂歌，餐廳小姐還為我們拍了一張照片，很快就洗出來，送給法香做紀念呢。

餐後我們到錢櫃ＫＴＶ唱歌娛樂，她們年青人真活潑，不但歌唱得好，並不輸歌星外，舞也跳得好呀。在小小的包廂裡，還真熱鬧呢。

和年青人在一起，我也年青很多啊！

嬌貴的水蜜桃

讀到一首紀曉嵐的詩：「這個婆娘不是人，九天仙女下凡塵；生個兒子來做賊，偷得蟠桃敬母親。」這是紀曉嵐替一位富翁來請他為某大官太夫人作壽，寫的一首詩。

當時富翁帶來酬謝紀曉嵐的銀子，才五十兩而已，所以，紀曉嵐馬上在宣紙上寫下「這個婆娘不是人」，就停下筆來不寫了，富翁一看，臉色都變了，馬上問：「先生怎麼會這樣呢？」紀曉嵐說：「五十兩的銀子，只有這樣的一句。」這位富翁又叫傭人回家，再拿五十兩銀子來，富翁獻上銀子後，紀曉嵐又寫了第二句「九天仙女下凡塵」富翁看了大喜，紀曉嵐又停下筆來不寫了，富翁又問：「怎麼啦！」紀曉嵐說：「你又送五十兩銀子來，我又寫了一句啊！」富翁趕緊叫傭人回去取一百兩銀子來，待富翁獻上一百兩銀子後，紀曉嵐又寫下：「生個兒子來做賊」富翁一看，這還了得，急忙的說：「先生，他兒子是某某大人呀！」紀曉嵐說：「我知道。」停下筆又不寫了。富翁急得要命，「先生、先生……」紀曉嵐說：「前面二句，每句五十兩銀子，後面二句應該……」「啊！我知道了。」馬上又叫傭人回去拿一百兩銀子來，紀曉嵐才寫下最後一句：「偷得蟠桃敬母親」富翁一看，哈哈大笑，畢躬畢敬，謝謝紀曉嵐，高高興興的回去。

我想紀曉嵐說的蟠桃，就是水蜜桃吧，因為水蜜桃是很嬌貴的水果呢！所以，使我想起那天星期假日，台北市大安森林公園，有拉拉山水蜜桃促銷，可能今年拉拉山的水蜜桃盛產。以前產地都不夠賣，很少聽到有拉拉山的水果到台北促銷啊！

水蜜桃這種水果，好像很嬌貴，只要在水蜜桃的表面，用手指輕輕的按一下，有手指按的地方，很快就會變色，等於腐爛了，所以買水蜜桃的時候，記得不能用手指去按一按，試試其軟或硬，以免按壞水果，這是老板最怕的顧客。

果農採收水蜜桃，十分的小心，才能夠不傷到水果，而且又要包裝、運輸，這一連串的過程，都要小心翼翼的，像伺候公主一般的，不能有一絲一毫的差錯。一年收成一次的水果，在這收成的季節，果農的辛勞，可想而知，希望不要有天災或人禍，這一年的生活，這一年費用，還有投下的資金，都能獲得啊！阿彌陀佛。

上海世界博覽會的錢幣

自五月一日上海世界博覽會開幕以來，參觀的人潮，如過江之鯽，在電視上看到片段的介紹，每個國家的展覽館，都表現出該國的文化與其特色。要去參觀世博會，必須有體力、耐力，因為要參觀一個國家的展覽館，必須排隊二小時以上，而且都是以走路為主，尤其現在天氣炎熱，更加困難。朋友知道我這耄耋之年的人，絕對不可能去參觀，所以送了一套「世界錢幣博覽」一冊給我，對世界各國的文化有一點點的了解。茲將該冊的引言列後，以供參考。

引言

時間定格在2010年5月1日，為期6個月，主題為「城市，讓生活更美好」的中國2010年上海世博會盛大開幕！這是一場探討人類城市生活的盛會，一曲創新和融合為主旋律的交響樂，一次人類文明的精彩對話。

上海世博會創紀錄的42國自建館，是吸引人們眼珠的一大亮點，一座座有著自己創意主題和個性造型的建築，凝聚著各國獨特的文化傳統，聰明才智和創新精神，讓5.28平方公里的世博園區真正成為一個多元文化交相輝映，各種文明交流融合的「世界之窗」。

因此，我們滙集了包括東道主中國在內的上海世博會42個自建館國發行的硬幣，製作成這本沉甸甸的珍藏冊，以一種獨特而珍貴的方式，見證中國2010年上海世博會帶給我們美好的影像，恆久銘刻我們心中難以磨滅的珍貴記憶。

42個建館國家

1、中華人民共和國　2、阿拉伯聯合酋長國
3、印度共和國　4、印度尼西亞共和國
5、以色列國　6、日本國
7、哈薩克斯坦共和國　8、馬來西亞

9、尼泊爾聯邦民主共和國
11、巴基斯坦伊斯蘭共和國
13、新加坡共和國
15、泰王國
17、比利時王國
19、芬蘭共和國
21、德意志聯邦共和國
23、意大利共和國
25、荷蘭王國
27、波蘭共和國
29、俄羅斯聯邦
31、瑞士聯邦
33、大不列顛及北愛爾蘭聯合王國
35、拉脫維亞共和國

10、阿曼蘇丹國
12、沙特阿拉伯王國
14、大韓民國
16、摩洛哥王國
18、丹麥王國
20、法蘭西共和國
22、盧森堡大公國
24、愛爾蘭
26、挪威王國
28、羅馬尼亞
30、西班牙王國
32、瑞典
34、奧地利共和國
36、墨西哥合眾國

37、美利堅合眾國

38、加拿大

39、智利共和國

40、委內瑞拉玻利瓦爾共和國

41、澳大利亞聯邦

42、新西蘭

每個國家的說明

以中國館為例正面：1、主題：城市發展中的中華智慧

2、設計：何鏡堂

3、造型亮點：斗拱造型

4、總建築面積：18萬平方米

5、展館位置：世博園區A片區

6、建築外觀：以「東方之冠」為構思。

背面：1、所屬洲：亞洲

2、面積：陸地面積960萬平方公里

3、人口：13.28億（2008年）

4、首都：北京

5、貨幣名稱：人民幣

註：因字太小照片無法顯示。謹此簡單說明。

老生常談

那天翻開電話簿，有位好朋友，好像很久沒有連絡了，所以撥個電話問候一下。電話撥通之後，就聽見了熟悉的聲音，我先報上姓名，對方竟說：「我知道你是張某人。」

我說：「你這麼利害，我們多久沒有在一起聊天了，你還能聽出我的聲音來。」

他說：「當然囉，老朋友呀！」

「最近怎樣？還好吧！」我說。

「好個屁！人一老，百病叢生，連病毒也欺侮老人。」他還是像以往一樣，頑皮的口吻回答我。

「枉費你活了一大把年紀，連拒絕小小的病毒，都不知道」。頑皮的話，半斤八兩的回敬他。

「你有什麼妙招嗎？」他聽了我說的話，像發現新大陸似的。

「你要知道嗎？」我又賣個關子。

「當然要囉！」他企盼著。

好！你聽著，我告訴你，

一、要控制三高：高血壓、高血糖、高血脂。此三者相互聯繫，也是老年人頭號殺手。會影響血管系統，神經系統，免疫系統等。

二、控制嘴巴：「病從口入」這句名言，誰都知道，但常疏忽合理和衛生飲食，而引起許多疾病，三高就是從飲食引起。

三、每天要運動三十分鐘：「生命在於運動」，這是至理名言。因老年人代謝降低，運動可使之旺盛，增強免疫力。

四、要有樂觀精神：大腦是人體的主宰、統帥，直接影響人體健康。愉快的心情，就是一種良藥。

五、還有……

我將網友傳來的E-mail，念給他聽，引起哈哈大笑。我們聊了半天，最後他說：「你講的都是老生常談呀！」

談酒

偶然在閱讀中，讀到一首杜甫的（飲中八仙歌）：「李白斗酒詩百篇，長安市上酒家眠，天子呼來不上船，自稱臣是酒中仙。」可見酒的魔力多大。

一個人喜歡喝酒，他可以「醉臥沙場君莫笑，古人征戰幾人回。」

一個人因為酒，他可以變得非常冷酷，也可以變得纏綿，有時他可放聲大哭，有時又可昂首高歌，有了酒他可淪于深淵，也可以放棄利祿，也忘掉了榮辱。

一個人有了酒，可能完全脫去偽裝，使良知身心畢露，可以痛哭，可以多情。真是所謂壺裡乾坤大，酒中日月長。

酒，是杜康無意之間發明的，但是，因酒闖禍連連，上帝要罰他下地獄，所以杜康非常後悔。

如果今天沒有酒的話，絕對沒有因酒駕而造成的這麼多枉死鬼，與破碎的家庭。杜康下地獄是報應啊！

天元宮賞櫻花記

過去幾年到郊外賞花，都是和家人一起去。否則，就自己一個人到中正紀念堂、國父紀念館、或者二二八公園去賞花，這些地方，坐捷運就能到達。今年真的很特別，有年輕的網友邀約賞花。

在這北部細雨綿綿多日之後，初春晴朗的日子，去淡水天元宮賞櫻花，真是難能可貴的黃道吉日。早上看報紙，都知道昨天到天元宮的人潮，有八萬多人，大家認為今天的人潮，可能有過之。

我們相約在捷運復興崗站集合。有淡水何兄的和美女筱倩的車子載我們，我和法香MAY坐何兄的車子，笑笑先生和亞莎崎坐筱倩車子，浩浩蕩蕩的往目的地前進。

我們七位來自雅虎和ｕｄｎ聯合網的網友，在這千千萬萬的網友中，我們有緣聚在一起，而且大家都有同樣的雅興去賞花，多麼難能可貴呀！頃刻間，我們到達上天元宮的道路，果然管制上山的車潮。大家不約而同的想改變目的地，但是淡水何兄是識途老馬，繞了一圈，仍然朝天元宮開去，這一路上的車陣，只能用道路停車場來形容，車速在二三十公里之內，好不容易到達目的地，停車又是一大問題。筱倩眼尖，一眼就看出有位車主要離開的樣子，她就開到旁邊等候，果然不出她的所料，很快她就停好了車子，何兄待我們下車後，他再去找車位。

人潮車潮，擠滿了天元宮週邊所有的空地，民間門前的院子，也成為收費的停車場，對附近民眾來說，也拜天元宮神明之賜，一天數千元的收入，不無小補。

我們沒有等何兄的到來，就慢慢的跟著人潮往上爬。因為我不適宜爬階梯，大家都隨我的意思，往旁邊的斜坡上去，一路上都有法香美女的協助，走一會兒，休息片刻，一方面等待何兄，一方面照相，何兄終於趕上，大家就圍著天壇櫻花道繞一圈，匆匆結束賞花節目。可惜，我們這笑笑先生因事，提早離開，他雖年逾八旬，真的健步如飛啊，使我羡慕不已。

由何兄領路，車往陽明山【山圓】的餐廳前進，彎彎曲曲的羊腸鳥道，很快到達。這餐物超所值，皆大歡喜。結束後，本想前往【草山行館】參觀，不知何往，就在路上的【菁山遊憩區】停下，走進去一看，有白櫻花，景觀奇佳，就在這裡喝咖啡、泡茶聊天。天南地北，無所不聊。還有may的心理測驗，分析了每一位的性格，讓大家記憶猶深。

我如果能時光倒流，和她們年齡相當，我想：也會和她們一樣，調皮、活潑、樂觀，看她們照像時擺出的姿態，簡直就是歡樂的表演。

我怎麼能不開懷大笑呢？直到太陽將下山之時，才打道回府，結束一日賞花之旅，留下這難忘的記憶。

【六福皇宮】圍爐

往年過春節，都在國外度過，已經有十多年了。今年算是不景氣吧，只好在家過春節。首先拜菩薩及祖宗，我家都用鮮花、素果，沒有牲禮，沒有點臘燭，燒紙錢，放鞭炮，只有在菩薩及祖先的牌位前，點一枝小小的馨香而已。

晚上全家到台北〔六福皇宮〕吃年夜飯，吃日本料理的自助餐，但是也有中國的點心，例如水餃啦、鍋貼啦、炸薯條等等，當然也有烤雞，烤鴨算是蠻豐富啦！在吃飯的時候，有財神爺報到，在恭喜發財聲中，也得送上紅包，算是過年的氣氛十足，餐畢，連服務生也送個小紅包給她們。

回到家將近九時，看看綜藝節目，嘻嘻哈哈……睡覺囉，一覺醒來，已是農曆九十八年了！在全家自己人恭喜聲中，新的一年開始哦！願家事、國事、天下事、事事平安。

有朋自遠方來

那天早上，細雨濛濛，天空一片灰暗，坐在客廳欣賞電視節目時，電話鈴聲突然響起，剛拿起電話就聽到：

「居士早安，我是法香。」

「早！早！」我回答她。

「我和尊姐正在吃早餐啊！」法香回話。

我還沒有開口，法香繼續的說：「等一下我和尊姐來拜訪你。」我要開口說話時，對方傳來尊姐的聲音，說：「居士早安！我是尊姐，我和法香正在吃早餐，等一下我和法香去拜訪你，不知道是不是方便？」「好呀！歡迎！歡迎！」我誠摯的表示歡迎，而且非常的高興。「等一下和你連繫。」我很想告訴她們，我到捷運站去接她們，法香說完就關了電話。

十一點多，管理員告訴我有客人來訪，我就知道她們來了。法香住在台北已經見面多次，在幾次聚會上，都是引人注目的大美人，高挑的身材，皮膚白皙細嫩，加上明星般的臉蛋，又有甜美的聲音，文雅的氣質，真是人見人愛的朋友。尊姐遠從台中到台北來辦事，本想今天回去，想到要來拜訪我，也就只好再順延一天了。尊姐在聚會時見過一次面，誰也看不出她是阿媽級的人物，還保有魔鬼般的身材，而且有豪爽活潑的性格，歌聲來說，如果進入歌壇的話，早已名滿天下，卡拉ｏｋ唱起歌來，不但好聽，她一雙腳的舞步也就跟著跳起來，給人印象深刻。

我們一邊聊天，一邊喝咖啡，我們一聊，竟然像「光陰似箭」啊！嫌時間太短了，一會兒就超過十二點多了，所以，我提議去吃飯。她倆一直推辭，說什麼十點才吃早餐，隨便找個小吃部吃一點，她們是為我節省吧？那就隨客人的意思，找個小吃部解決午餐，結果竟然法香搶著買單，我這笨手笨腳的人，爭她們不贏，只好主人當「白痴」了，啊！汗顏！不知如何補償來訪的友人，才不遺憾呢？

清明掃墓領豬肉

清明時節雨紛紛，路上行人欲斷魂；
借問酒家何處有，牧童遙指杏花村。（唐　杜牧）

記得兩岸尚未開放來往的時候，很多離鄉背井的人，在離家三、四十年後，總有「客中無日不思家」的情境。

我的家鄉，在以往，清明節的前後幾天，大家都紛紛的去掃墓，這也是我中華文化慎終追遠的具體表現呀。

因為我的祖先有先見之明，怕後代子孫不去掃墓，所以在臨終之前，留下一筆田地，每年收租，作為祭拜之經費，由兒孫輩（長房二房或三房或多房）輪流收租，主辦清明祭祖，數代之後，子孫眾多（有的限定男生，有的男女均可。），怕他們對老祖宗印象模糊，都不願前往祭拜，以致訂定辦法，將所收的田租，購買豬隻幾百斤，在墓地屠殺，有多少子孫，豬肉就分為多少份，從早上至中午止，扶老攜幼，沿途三三兩兩人群，似郊遊，凡是來上香祭拜的，每人領一份豬肉。如果收的田租多的，子孫又少，每人分的豬肉就有好幾斤，（農人一日所得，不到一斤豬肉呢！）如果田租少子孫眾多，每人分的豬肉就少了。

幾代下來，祖先有田產的就有十位八位，清明節前，主辦這房的子孫，就商議排定日期，讓後代子孫都能去掃墓，祭拜祖先，對提倡孝道是最好的文化遺產啊！

這種慎終追遠的習俗，自共產黨將土地收歸國有之後，已成絕響。有的連祖墳都已破壞，這也是共產黨摧毀中華文化最大的遺憾吧！

使用權與所有權

「我們對地球上的所有東西，只是有使用權而已。」我記得是這句話是證嚴法師講的。我看到這句話之後，改變了我的觀念。以前，我到任何地方去旅遊，我都會買一點紀念品，擺在櫥櫃裡，閒來無事，會隨手拿一件出來看看，旅遊的情景，就會一幕幕的呈現在眼前；那年那月和某人出遊，如今，某人仙逝已多少年了，某人又坐在輪椅上，要外勞侍候了，又有人世滄桑之感。有時看某一項紀念品，又聯想到另一件紀念品的往事；某地秀麗的風景，在某次地震後，又成為滄海桑田。很多的往事，真是不堪回首。同我出遊的朋友，買同樣的紀念品，他人走後，那紀念品是否也帶走了？另外一位朋友，買一項昂貴的紀念品，放在玻璃櫥櫃裡，如今坐著輪椅，是否方便拿下來把玩？記得那美麗的地方，現在興建了那美麗的住宅，我的友人購買之後，選購那高級的傢俱，還有屋內掛著的名畫，如今安在？幾分鐘幾秒鐘的時間，就被地震、或洪水改變了現狀。

記得王永慶先生講的故事：「一根火柴，微不足道，在很短的時間，它可摧毀一棟漂亮的住宅。」這自然界的力量，如地震、颱風、土石流……。在幾秒鐘之間，滄海變桑田。生命、財產，瞬息之間而消失。人擁有全天下，也不過在健康時，能使用而已，如歷代皇帝，將心愛的珍寶，死後帶到地下埋葬，千百年後，仍然被人將其挖出來供人把玩。歷代皇帝有那一位能永久的擁有？

如今有很多富豪，生前將其財產捐給慈善團體，大概也看清楚了，再多的財富也帶不走，不如生前捐出，給弱勢團體，造福更多的人。

人人運動大家健康

我在台北中和的四號公園散步，起碼有八年的歲月，這不算短的日子，我看過不少運動團體。

最常見的當然是太極拳，人數眾多，男女都有，這項運動，歷史悠久，也是我國健身運動的國粹，所以，在任何早晨運動的場所，都有團體在打太極拳。其次是跳元極舞的，元極舞的興起，在台灣的歷史，不算很久，但是以女生為主，人數也是相當的多。再來是有氧舞蹈，這是以年輕女性為主的運動，這個團體，人數也不少啊！看她們那青春活潑的動作，讓我這老人看了，感到氣都喘不過來。也有做外丹功的，男女都有，這種運動，動作稍微緩慢，都是年紀稍大的人比較多。體操運動，也很普遍啊！人數也不少呢！再來就是什麼氣功了，名稱我都叫不出來，男女都有，參加的人也很多呢。還有最誇張的，叫什麼防癌氣功，我看人數也不少呢！是否能防癌？但是總算有運動吧。當然慢跑、快走還是主流，不管男女老少都有，人數當然是NO.1。

最近一個星期假日的早晨，我再到四號公園散步，看見一個新興的運動團體，很遠就聽到嘻嘻……哈哈……的大笑聲，走近一看，人數不多，掛著的牌子，叫做「微笑健康俱樂部」。當時也感到會心一笑，他們一邊笑一邊跳，手舞足蹈的繞圈子。我想，這種運動，一定要遠離社區，人數也不宜太多，因為嘻嘻……哈哈……大笑的聲音，分貝很高，如果攪人清夢，那就是利己而害人，所以，要選擇地點，限制人數，這種運動還是很好，也很特別呢！

人要活就要動，雖是老生常談，確是至理名言，不管什麼運動，只要動就好。盼望大家養成運動的習慣，造成全民運動的風氣，則人人健康，衛生署就不會天天喊要漲健保費啦。利民利國，雙贏啊！

聖嚴法師逝世有感

（算天、算地、算不到明日禍福，）
（算進、算出、算不準富貴生死。）

這是一位在美國的網友「天堂鳥」，她說台灣叫它電腦，大陸叫它計算機，電腦也好，計算機也罷，就是算不準。（在我部落格裡的留言）

搭長途列車

人生如搭長途列車，一同上車的旅客，有熟悉的親朋好友，也有陌生人，能夠同坐一列車，都是有緣人。熟悉的親朋好友，談得來的，多聊幾句，談不來的，和陌生人一樣，「嗨！」一打聲招呼。在車上，有紅男綠女，有男女老少，有的健康活潑，笑容滿面者，有的體弱有病，滿面愁容的，有榮華富貴者，也有販夫走卒……，沒過幾站，有的旅客就匆匆下車，熟悉的打聲招呼，揮揮手，好走。陌生人下車，也會默默的目送，接著也有上車的旅客，在上車、下車、下車、上車的旅客中，有緣無緣，多麼的自然啊！例如：和王永慶先生無緣，其員工雖千萬人，我就無法添為其員工之一。

何時到達終站？連自己都不知道，也沒有人告訴我，所以，在旅途中能認識有緣人，一路閒聊，滿心歡喜，沿途碧海青山，風情萬種，任我欣賞，在不知不覺中到達終站下車。像一代宗師——聖嚴法師的離去，了無遺憾。

丁・「文史篇」

簡介江西南大門
——定南縣

我訂閱江西文獻將近三十多年，沒有看到有人介紹有關定南縣的人、事、物。定南縣實際上也是江西省最偏遠的地區，離南昌省會有600多公里，離贛州也有200多公里。說它是山地。又沒有高山、名山，說它是平地，也沒有寬闊的平原，全境最高的山，也不過一千多公尺，其他都是幾百公尺幾十公尺的丘陵地。也沒有險峻的隘口關卡，所以，自古以來，就不是兵家必爭之地。以致所謂之古蹟、名勝，也就沒有遺留在這裡。千百年來，也沒有出過什麼名人，或什麼大官，除了宋代出了一位有名的風水師賴布衣先生，在朝庭做過國師的高官外，其他赫赫有名的就找不到一位了，所以介紹定南的文獻也就付諸缺如。難怪蔣經國先生治理贛州時，也感嘆三南地區，（龍南定南全南謂之三南）確是很難治理，因為交通不便，成為鞭長莫及的地方。不過滄海桑田，今天的定南縣不論在交通方面或物產方面旅遊方面的開發，都有另一番新的風貌，真的成為我江西省漂亮的南大門。

定南縣位於江西省最南端的邊陲，東與安遠尋烏為鄰，南與廣東省龍川和平交界，西與龍南毗鄰，北與信豐接壤。雖是閉塞，卻是魚米之鄉，千百年來交通不便，都能自給自足。現在政府大力建設，成就可觀。

1.交通方面：公路四通八達，京九鐵路，贛粵高速公路，都從定南穿境而過，定南至深圳和廣州市約三百公里，乘火車或汽車，可在二至四小時之內到達該地。乘火車或汽車到南昌或贛州，也極為方便，所以交通非常便捷。

2.資源方面：定南境內，都是丘陵地形，礦產豐富，尤其鎢礦，在抗戰時期，對製造槍砲貢獻良多。如今又開採稀土，工業上更是不可少的礦物，其他礦產如太鐵、磷片石墨等蘊藏也很豐富。

3.旅遊方面：

一、神仙嶺：明代有文人描寫神仙勝景的一首詩：

峻嶺盤空過客臨，鷓鴣深處白雲深：
滄桑園後神仙香，流水桃花自古今。

這神仙嶺是定南境內八景之一，因其獨特的地理位置，是定南縣境內的南北的分水嶺，北面的水往北流入贛江，南面的水則向南流人粵水的東江，形成了迷人的風景，吸引了很多的觀光客前來尋秘探勝。

二、九曲度假村，是九曲河畔新開發的度假村，是香港商人投資的，因為九曲河畔，二岸旖旎風景，非常迷人，吸引眾多遊客，河裡的九曲魚，更是美味，而且九曲一帶的竹制工藝品，也是名聞遐爾，多為遊客喜愛。

4.特產方面：

一、雲台山的毛尖茶，產於定南縣北部海拔千米雲霧籠罩的山中，遠離村鎮數十公里，人跡罕至，產品毫無污染，而用有機肥料，所以色澤綠潤，茶味甘醇，在贛南名茶會中榮獲優秀獎，是遊客最好的伴手禮。

二、豬姑奶，有一種灌木植物，高約一米，枝細葉圓，開粉紅色的小花，在中秋前後結果，果實如母指般的大小，呈褐色，食之像吮奶一樣，含肉及汁，味甘甜芬芳，因為長得像母豬的奶頭，故叫豬姑奶，我來台數十年，從台灣頭到台灣尾，就沒有吃過這種水果，也許我們江西其他縣市也有，不過我未見過。要嚐此特產，要看氣節，不是隨時可吃得到的。

三、臍橙，是贛南主要產區之一，定南縣現已開發十萬畝地，所以產量豐富。

四、其他農產品也很多，如蜜梨，是定南的名牌水果，被譽為「夏果之王」，因定南盛產竹子，故筍乾亦是其特產之一。

現在的縣府所在地--歷市鎮，相當繁榮，商店林立，工廠遍地。京九鐵路的車站，與贛粵高速公路的中繼站，建築宏偉，成為名符其實的江西省的南大門，當之無愧。

資料來源：網路

發表於江西文獻第224期

簡介宋代名堪輿師
——賴布衣

如果你有信風水的話，一定會知道這位賴布衣，他是歷史上有名的風水大師。是我江西省定南縣鳳崗村人（今改為恩榮村）賴布衣原名風岡，字文俊，自號布衣子，別號先知山人，生於宋徽宗年間，（西元1101—1126年間），他父親名賴澄山，也是我江西省有名的風水師。

賴布衣自小聰明伶俐，智力超群，七歲時已熟讀詩書，九歲時已中秀才。所以，他父親不想傳授風水之術給他兒子。並且鼓勵他努力讀書。賴布衣十一歲時，他的祖父去世了。他父親守孝之後，便離家追龍尋脈，為自己尋找佳穴，藉著風水的幫助，使賴布衣將來能夠飛黃騰達。

賴布衣當時，對於風水學尚屬陌生，那年十七歲時，在一次的鄉試中，竟然中了舉人，因而他父親不禁暗喜，決定將那尋獲的風水寶地，選好了吉日良晨，將賴布衣祖父下葬，陰錯陽差，竟然被他家的僕人撒了一泡尿，破壞了風水，靈氣已失，不可能中狀元了，太守少了一點，便是個大字，將來最多只能做個大師。所以，他父親那時就將堪輿之術傳給賴布衣，不知不覺就過了三年，賴布衣對風水之術，雖然已經學成，但是上京考試，依然一心想往，他父親說：「既然你不死心，你就去吧！」在考狀元的時候，賴布衣很輕鬆的將自己的考卷做完，看到鄰座的劉姓考生有病，就替生病的劉姓朋友作答試卷，誰料放榜後，他的劉姓朋友竟金榜題名，而賴布衣自己而名落孫山，難怪賴布衣長嘆一聲，說：一命、二運、三風水、四積陰德、五讀書了。

賴布衣自此之後，對於功名，非常冷淡，就在這時，他父親亦去世。讓他更加悲傷，為了上京考試，不能為父親送終，一片淒涼辛酸的景況，使他悲痛不已。回到家裡，他母親安慰他道：「你父親遺言，你應看淡功名，努力從事堪輿之術，使成為國師，也是不錯啊！」

因為唐末以來，朝庭就有考選國師之事，招請天下有真實功夫的堪輿師，為皇帝找尋佳穴，去追龍尋脈。如果能做到國師，也能揚名全國呀！

有一天，鳳崗村，響起了鑼鼓喧天的聲音，原來是他劉姓朋友殿試時，點中探花，奉旨返鄉祭祖，特別來到鳳崗村拜見賴布衣，口口聲聲稱賴布衣為恩公，大家以為賴布衣為他尋覓到好山龍穴，如今發為探花，特來報答賴布衣無疑。但是賴布衣心裡明白，知道劉姓朋友不外乎自己在試場上，替他作答試卷，點為殿試翰林，得到平步青雲，欽點探花，為圖報此恩，特來拜訪。並願保舉一名官員給他。賴布衣誠懇的對他說：「我家本來可發無數的狀元，但在點葬時，出了意外，便成了名發而實不發，所以我只好淡薄功名，專門研究堪輿之術，兄雖好意，我今生無此福分，請勿誤會我嫌棄你。」

劉姓朋友看他滿面春風，仙風道骨，就知道他決心淡薄功名，便不敢強求他為官了。劉姓友人說：「難道恩公的志向，要歸隱在此嗎？」

賴布衣說：「看我家門，這幾代一定能發出名震天下的堪輿大師。所以我的志向，在於追龍尋脈，今生願歷天下，遍訪龍脈，成為一位稍有名望的堪輿大師，便滿足了。」劉姓朋友聽後，知道賴布衣的志向，係在山水之間。

劉姓朋友祭祖之後，回到朝庭，一日接聖旨傳見，才知皇帝對狀元、探花、榜眼三及第，例行詢問他們家門的風水，以往迷信的時代，皇帝最信風水堪輿之術。

當皇帝問及三人家門風水何人所點？此人現今仍生存者，聖上可下旨，召其進京，封為國師。這三位狀元、探花、榜眼，只有探花在皇上詢問時，說自己的祖山，是賴布衣所點，如今此人尚在。皇上聽了，認定賴布衣確有本事，便下旨一道，由朝庭封為國師，即日進京。賴布衣接到聖旨，就知道這是劉姓友人探花所推薦，一到京城見到劉姓友人，就感謝萬分。

賴布衣入宮謁見皇上後，皇上見他道骨風仙，真像一個化外之人，知道必有道行，便賜封為國師。然後請他到紫禁城看宮闈風水。其實，紫禁城經過幾位國師看過，對各宮殿的風水，都大加讚揚，獨有賴布衣的到來，說出這昭陽宮有火災之險。皇上根本不信，此昭陽宮為正宮娘娘所建，不幸正宮壽終，因此將此宮關閉多年，怎會有火災之險？皇上也半信半疑。就在賴布衣推測的時間，最後一刻鐘，天上的火星已降臨而下，昭陽宮立刻烘然起火。（其實從天而降的是一盞孔明燈，這是北方在秋涼時節，放孔明燈的一種習俗，）剛好落在昭陽宮而引起火災。皇上看到這一幕火災，肯定賴布衣之堪輿靈驗，於是賞黃金萬兩，錦帛五千疋，自此重用賴布衣了。

自此賴布衣一舉成名，就震驚天下。但是成名之後，麻煩的事接踵而來。當時宋朝丞相秦檜，得知賴布衣地理之術如此靈驗，立即派人請賴布衣到相國府中相見，大家都知道，秦檜這位奸臣，早就欲謀奪取宋朝江山，所以請賴布衣到相府來，以厚禮相待，為的是請賴布衣看看家的祖山地形，是否一個吉穴，有無發出皇帝之可能，如果沒有，則請賴布衣為其點葬一穴，可發皇帝的龍穴山地，以當時秦檜的橫行霸道，料想賴布衣會助他成功的。第二天，秦檜帶賴布衣去看他的祖山，賴布衣直言：「此山本是好山，因為風水和心理相關，心地好，風水亦助之，因為這山有寺有廟，將來發出後人，亦必入廟入寺者。」秦檜聽了，很不高興，我這丞相非祖山風水所發，還說我將來入寺入廟，實在欺人太甚，一定將你除去。一天深夜，秦檜派人去暗殺賴布衣，秦檜派去的人，一名叫牛江、一名叫張進，結果牛江叛變他，殺死張進，帶著賴布衣乘夜而逃，牛江願相隨保護。然而秦檜怕賴布衣洩漏秘密，所以懸獎緝捕。賴布衣原名賴鳳崗，所有緝捕的公文都以賴鳳崗之名出示，怕人認識，故改名賴布衣。賴布衣的名字就從這時而起的。

秦檜追兵，將牛江殺了之後，賴布衣形單影隻的向南逃亡，一路遇到許多貴人相助，都能化險為夷，在逃亡的路上，也曾幫別人看風水，憐貧救苦，助弱抗強，留下許多神話般的傳說，「風水大師」的名聲，不徑而走。茲試舉一例如下：

賴布衣被追殺逃亡，日夜奔走，早已飢腸轆轆，看見路邊有一老婦賣茶，賴布衣走到木檯去，老婦便說：「先生，何以這樣早，飲茶啊！」這時賴布衣又渴又飢，但是袋裡沒有錢，如何好意思貪食，所以遲疑好一陣子，不料老婦似乎知道他的意思，便對他說：「看先生的服裝行動，料必是尋龍追脈的風水先生，若錢不方便，亦無所謂，飲杯茶吃點餅，休息一陣子也未遲。」老婦一邊說一邊斟茶，並檢了幾塊炒米糕給他，這時賴布衣便不客氣了，說了一聲多謝，拿起炒米糕，飽餐一頓，吃完又向老婦道謝。老婦笑說：「先生何必客氣，出外的人，因意外事，很平常，請不必介意。」賴布衣開始和老婦閒話家常，知道老婦人也是窮苦人家，二個兒子在鄰近的村莊為人幫傭，老伴早逝，所以在此賣茶過活，她燒茶的風爐地下，是「火龍醉臥」的好穴，在二人閒聊之中，被賴布衣看到，正是賴布衣知恩圖報的機會。於是賴布衣問老婦：「妳先生下葬否？」老婦回答：「因為十分的貧窮，尚未下葬，現仍安放某處。」賴布衣一聽，太好了，請老婦將其先生的骨罈帶來，有一處好穴，即葬即發，老婦半信半疑，便回去將其夫的骨罈帶來，到了下葬的時辰，賴布衣將其夫的骨罈葬下，即見一股熱氣直沖而出，繼而全山動搖，有如地震，老婦驚嚇回神過來，一看，山泥已將地穴填平，老婦趕快將香燭點燃，跪拜一番，然後賴布衣告訴她，他就是當今丞相通緝的國師賴鳳崗，現在改名賴布衣，逃難來到這裡，見妳如此善良，又在無意中發現這龍穴，為報一茶一餅的恩德；特為妳設想，一會兒妳就會知道我說的不錯。他們閒談中，不覺已過二個時辰，忽見路上有二個男人，持一竹簍跑來，大聲的叫：「媽媽，媽媽。」老婦一聽是她的二個兒子，走出茶棚一看，二個兒子走近大叫：「媽媽有福了，我們可以無憂了。」便將竹簍折開，則見塊塊黃金，並說明上山砍柴與虎搏鬥的情形，並在虎穴處發現竹簍，裡面盡是金銀珠寶。這時，老婦淚流滿臉的告知二位兒子，趕快叩謝這位先生，他剛才將你們父親的遺骸，下葬在此佳穴，講明即葬即發，如今果然發了，這都是賴先生的恩惠，所以他二個兒子連忙叩謝。賴布衣急扶起他們，說：「這是你們家之福，是天意如此，快快起來，我經受不起啊！」母子三人，歡喜不已，立即殺雞殺鴨，款待賴布衣，他在窮途落魄時，得這奇遇，亦覺安慰。風水大師之名，不徑而走。

據說現在的廣州、香港、英德等地都是賴布衣堪定選址的，就連國父孫中山先生的祖墳，傳說也是賴布衣堪定的呢。賴布衣所著的「青鳥序」剛剛脫稿，據說就被南華帝君的使者白猿取走的，經過一百多年後，傳給了劉伯溫，劉伯溫憑它輔佐朱元璋，而成就了帝業。

後來賴布衣看破紅塵，遁隱山林，長年與青山為伴，人不見其蹤。傳世有〈催官篇〉〈理氣穴法〉〈天星篇〉等風水的書，流傳後世。

註：一、參考資料：網路

二、江西省定南縣歷市鎮神仙嶺（現改為勝仙嶺）有座廟，燬後重建，在廟內有一間賴布衣風水文化陳列館，裡面只有衣服簑衣各一件，其他文物毫無，盼縣政府文物局收集，充實該陳列館。

發表於江西文獻220期

贛南客家山歌文化

我的故鄉——贛南，係客家族群，小時候經常跟隨大人到山上去砍柴、割草，常常聽到他們在唱山歌，有的獨自一人在唱，有時聽到男、女對唱，那種山歌的唱腔，確實很好聽。

這些男女唱的山歌，我也不知道他（她）們怎麼學來的，因為很多男女都是文盲，大字不識一個，不可能從書本上學來，我想都是朋友或是同儕之間互相學習到的，也許有像急智歌王——張帝一樣的才華，隨情境而唱出來的山歌。

自從政府開放探親至今，我返鄉探親超過十次，因為雙親尚健在，故每年都利用暑假回去探望老人家，有幾次我停留在家鄉的時間比較長一點，很想收集那些山歌的歌詞，就去詢問比我年長的長輩及同儕，他們都說好久沒人唱山歌了，以致歌詞都忘記了，我也曾在贛州、南康、龍南、定南各縣城的書店去搜尋山歌的書，可是就找不到。

最近，在江西網站上，偶然看到【贛地藝苑】，點看發現贛南客家山歌，於是抄錄幾首如下：供喜愛客家山歌的讀者，激起回憶，提供更多客家山歌的歌詞，能編輯成冊，廣為流傳客家文化。

一、茶農唱的山歌：「話起茶農真可憐，半碗酸菜一撮鹽，吃杯老茶算是酒，吃碗豆腐算過年。」

二、兒童放牛唱的：「放牛崽子好吃虧，戴個笠笸坎坎累，攆得笠笸牛又走，追得牛來伴又歸。」

三、出門謀生的人唱：「肩挑擔子當也當，挑起擔子走四方，好比雩都打鐵老，漂洋過海到南洋。」（註：雩都是縣名，雩都人打鐵是很有名的。）

四、有文學性的山歌：「白字加水就是泉，車加走鳥嫩嬌連，門字肚裡加月字，搭信妹妹厓有閒，化字加草一枝花，言字加舌妹有話，馬字上面二個口，歸去就怕爺娘罵。」

五、在普通中見特殊的男女對唱山歌：「什麼上山尾拖拖，什麼上山穿綾羅，什麼上山溜溜走，什麼上山會唱歌；狐狸上山尾拖拖，鷓鴣上山穿綾羅，南蛇上山溜溜走，畫眉上山會唱歌。」

六、用歇後語的山歌：「鹹菜入缸『屈了心』，三弦唔和『走了音』，六月老酒『反了腳』，有情妹子『反了心』。

七、詼諧幽默風趣的山歌：「早上爬起食顆米，打只山歌來充飢，以為唱歌唱得飽，唔曉越唱越肚飢。」

八、情歌最多的山歌：「山歌好唱口難開，楊梅好吃樹難栽，白米好吃田難種，鮮魚好吃網難開，十七十八唔唱歌，風流日子有幾多，再過二年打一老，歡喜少來愁更多。」

九、以唱情歌表達心意的山歌；「大河漲水小河清，唔曉河下有幾深，撩個石頭試深淺，唱支山歌試妹心。」

十、注重貌美人品的山歌：「南風唔當北風涼，蘭花唔當桂花香，老妹好比桂花樹，大風一吹滿村香。」

十一、思念的山歌：「想你想你真想你，請個畫匠來畫你，把你畫在眼珠上，看在那裡都有你。」

十二、表白生死相依的山歌：「崖係山中長年樹，你係山中百年藤，樹死藤生纏到死，樹生藤死也要纏。」

常言道：「唱戲一半假，民歌句句真。」就這樣真實的伴隨著客家人的生息繁衍發展，山歌成為客家人精神生活中不可缺少的食粮。

發表於江西文獻

談「澎湖縣江西同鄉會」之滄桑

據史料記載，「澎湖江西同鄉會」，最初成立於民國四十五年五月六日（星期日）九時，假澎湖縣黨部召開成立大會。當時到會的同鄉有六十餘人，大家鄉情洋溢，非常熱鬧。大會開始，公推章懋修（時任馬公中學教師）鄉長為主席，由蘇醒（時任澎湖軍友社總幹事）鄉長報告籌備經過，旋請縣政府列席指導員致詞，盛讚我同鄉團結精神，並稱本縣尚無任何省市同鄉會之組織，我省是首創，至為難得。然後討論會章及提案，並選舉理監事，名單如下。

理事九人：章懋修、龍兆祥、蘇醒、潘家琦、孫紹權、朱任、賈雲英、龍益謙、蕭年陀。候補理事：鍾祝昌、蘇顯良、鄧祖元。監事三人：謝傳聲、胡美懿、謝福臨。候補監事：孔嘉。（註：這屆理監事，其中筆者認識三位，孫紹權、蘇顯良、孔嘉。）

會後全體理監事在馬公「小錦江」聚餐，下午三時，假縣黨部會議室舉行第一次理、監事聯席會議，並選舉章懋修為理事長，經理事長提名蘇醒為總幹事，孫紹權為副總幹事。監事選謝傳聲為常務監事。會中並通過全體理監事各捐款台幣二十元，候補理、監事捐台幣十元。作為推動會務之經費。（以上資料：來自江西文獻第74期龍兆祥「憶澎湖江西同鄉會」一文。）

筆者於民國四十八年春，經孫紹權鄉兄之介紹，到澎湖任教，當時孫紹權兄，任職澎湖縣政府教育科國教股股長，與他交往期間，他從未談及同鄉會之事。台北萬壽宮之籌建，民國四十五年曾經澎湖江西同鄉會負責募款數百元，我記得民國五十二、三年、台北萬壽宮亦有捐款之事，是委託一位同鄉，在澎湖縣湖西鄉隘門村的村幹事萬俊忠鄉長負責，如果那時有同鄉會的話，不可能委託他一個人到處奔走募款，一定會委託同鄉會辦理。到民國四十七年，可能龍兆祥（時任澎湖縣黨部書記）鄉長調回台灣本島後，同鄉會就可能停止運作而解散。（停止運作原因不詳）

筆者記憶所及，民國六十四年（詳細日期已忘記，亦無資料可查）又成立一次「澎湖縣江西同鄉會」，召開大會，並選舉理監事，有饒學先、張如漢、孔嘉、宋希文、蔡錦堂、章榮華、羅偉萱等人，那時李閔節、曾鍾、尚未退伍，軍人不能參加同鄉會之組織。由章榮華當選理事長，章榮華當選理事長後，曾當眾宣佈捐款十萬元作為同鄉會的基金。（當時新台幣十萬元可買透天房屋一棟）我記得當時也是請孔嘉負責辦理立案事宜，當時孔嘉以國小校長調教育局服務，或許公務繁忙，或許委託他人去辦，結果到過春節，要召開會員大會時，澎湖縣政府來一紙公文禁止召開，因為尚未立案。那次選舉亦無效，大家對孔嘉十分不滿，理事長捐的新台幣十萬元也泡湯了。否則，那時可購置房屋一棟作為會館呢。他一個人影響了澎湖同鄉之權益甚大，實感遺憾。

民國六十八年，曾鍾從澎湖聯勤收支組上校組長退伍後，非常熱心的為澎湖同鄉服務，遂連繫十五位同鄉，（記憶所及）有蔡錦堂、汪鎮、張如漢、呂新民、謝麗濤、蔣國標、蕭發泉、劉標、宋希文、章榮華、宋祥、李亞夫、王志國等人發起籌組「澎湖縣江西省同鄉會，」經曾鍾之奔走，由發起籌組「澎湖江西省同鄉會」到立案，至召開大會，選舉理、監事及理事長等，到民國六十八年正式成立「澎湖縣江西省同鄉會」迄今。

民國四十五年至民國六十八年，相距二十三年之久，其間歲月之流逝，人事之滄桑，民國四十五年第一屆之理監事，筆者雖認識其中孫紹權、孔嘉及蘇顯良三位，筆者所知，孫紹權鄉長五十三年，離澎赴台南後壁高中任教，然後至高雄縣政府任督學，再至高雄師範學院修得學士學位，即轉任高雄縣某國中校長，尚未退休、即已仙逝。孔嘉、在澎湖教育局退休後，遷居高雄，因而失聯，蘇顯良自澎湖縣湖西鄉村幹事退休後，亦遷居台灣而失聯，但是，也已年事甚高，生死難以逆料，為萬壽宮募款之萬俊忠鄉長，曾任鳳山高中會計主任，現住高雄縣鳳山高中後面之鳳中宿舍，也因年事已高，而行動不便了。

澎湖江西同鄉會，從最初的一百六十八人之多，至今年春節召開大會時，名冊雖有三十幾位，除行動不便者之外，實際到會人數謹十幾人而已，第二代有好幾位出席，筆者與其他同鄉，雖極力爭取第二代同鄉參加。但是加入者仍然有限，將來「澎湖江西同鄉會」之生存壓力，與日俱增。真感創業維艱，守成不易。思及同鄉會之未來，不寒而慄。

大江東去浪淘盡，一代又一代，不禁令人唏噓，希望新的一代，能將我江西吃苦、耐勞，團結、奮鬥的精神，傳承下去，加以發揚。至盼！

發表於江西文獻221期

讀「時代見證」一書

——談二十三軍輜重團之實況

閱讀本刊總編李隆昌先生著「時代見證」一書，李先生特別強調的：「沒有江西省的一甲一兵，即沒有第十二兵團，沒有第十二兵團，即沒有金門古寧頭大捷，沒有金門古寧頭大捷，即沒有自由富庶的台灣。」可見江西人對台灣的貢獻之大，犧牲人數之多，為全國各省之冠。但是，政府對江西人在金門古寧頭戰役犧牲的將士，沒有在古寧頭留一絲一毫的敬佩與懷念，身為江西人，對於江西人在古寧頭犧牲的袍澤，實在感到遺憾。

李隆昌先生撰寫本書，參考書目，竟有六十九本之多，參考編目，三十一篇，不談如何閱讀取捨，就搜集這些書籍，及編目，也是一件大工程，何況還要閱讀，摘取與江西有關軍人作戰經過之記載，誠屬不易，李隆昌先生能將這些千頭萬緒的資料，連接成一串江西人對台灣之貢獻，難能可貴。

其次在110-113頁，有關黃鎮中將軍，任江西省豫章山區綏靖司令時，在寧都郊外與敵作戰，戰況激烈，然後退守寧都翠微峰山下，與敵繼續奮戰，因戰力懸殊，逃離不及被俘。敵軍威脅誘降，未能動搖黃鎮中將軍忠貞氣節，最後臨刑前，黃將軍猶慷慨陳詞的說：「我讀過孔孟聖賢的書，已仁至義盡，俯仰無愧，何必多言。」這種正氣凜然，凌辱不屈的精神，正是我江西前賢文天祥的翻版。

筆者詳閱該書第106頁至107頁所載，可能與事實有些落差，有關二十三軍部分之情形，本人稍微略知一二，茲將本人所知敘述如下：

二十三軍軍長劉仲荻將軍，係我江西省龍南縣人，於三十八年春夏之際，在龍南縣、定南縣、全南縣地區、號召三南子弟從軍，以保衛家鄉為職志，絕不離開江西省為號召，能邀集十幾人，即可當班長，能邀集三十幾人四十人者為排長，但是排長要有軍事常識的人（排長多為青年軍復員的），所以，雖然邀集有三、四十人，也只能任副排長，故參加的人數甚多，不到二個月的時間，就有一千多人報名，龍南、全南、定南各成立一個營，定南、龍南二縣，成立一個營的人數還多，故又在軍部成立一個警衛連，連長何澄鑑，係定南下歷圩人。三南成立的部隊，當時的番號是二十三軍直屬團，團長黃澄上校，係定南縣老城鄉人氏，三位營長龍、定、全、每縣一位。這些子弟兵，我親眼所見、所聞，上至團長下至士兵，沒有人帶家眷。我們徒手走到吉安，領到的裝備，都是卡賓槍、衝鋒槍、和機關槍，番號改為二十三軍輜重團。大家非常高興，當時大家還很少看到這些新式武器，根本不會使用。好得當時的連、排長，都是青年軍復員的人，他們懂得使用，剛教會這些官兵如何使用新式的武器，不久就開始後退，退到全南和南雄交界的地方，團長黃澄，帶著這一團的子弟兵，一個晚上就回家去打游擊了，也兌現了當時號召大家從軍的諾言。（我記得四十二年有報紙登載他們打游擊的情形。）

本人在贛州即調到軍部軍需處，因團部駐贛州辦事處，有一位書記官長張兆祥，家父在定南縣黨部的同事，設法把我調到軍部，一路都有汽車可坐，待我到達廣東曲江，才知道他們回家去了。

軍部由曲江（我只知道軍部及所屬的單位，因位階小又年輕，故了解不多。）坐火車到達廣東的東莞，大概駐了一星期多，又乘火車回到清遠，（我們在火車上過中秋夜。）然後開始行軍，到達廣西的博白，駐了幾個月，再轉進到雷州半島，又退到雷州半島外的東海島，幾天之後、又乘大貨輪【永清輪】到台灣，在高雄港上岸，剛好是十二月十五日，大陸的薪水發一半，台灣的薪水發一半，所以，記憶猶新。

謹此將經過敘述如上，以補該書之正確性。這是「時代見證」的歷史文獻，更為完善。如有更明瞭二十三軍輜重團之人士，歡迎指教。

最後謹對本書作者李隆昌先生致敬，為我江西人在中華民國近代史上之貢獻，作了如此完整的叙述，喚起政府對金門古寧頭戰役犧牲之江西將士，做點懷念與紀念之事，則功德無量矣！

請指教，是否還有更詳細之資料，補拙作之繆誤。

發表於江西文獻222期

後語

一、本書準備選一百篇文章，於中華民國一百年之時出版，作為建國百年紀念。乃因種種原因，拖延半年之久，甚感遺憾。

二、將這一百篇文章，粗編為四大篇，覺得有點草率，尤其這四大篇內之篇目順序，更是雜亂。一方面自己對電腦的操作，不是十分的熟練，所以，前前後後的調整，上上下下的移動，始終不如理想。另一方面，思緒遲鈍，每篇性質、含意，無法肯定。但是這些文章，並非曠世之作，而是平日生活的點滴，不敢麻煩別人，所以，就這樣的定稿。

三、為了節省成本，不能像「網海留痕」那樣，全部彩色印刷。除了前面十頁彩色照片，文內所有照片 均為黑白的，敬請讀者諒解。

國家圖書館出版品預行編目

網海遊蹤 / 張如漢作. -- 一版. -- 新北市 : 張如漢,
2012. 07
面； 公分
POD版
ISBN 978-957-41-9247-2(平裝)

855　　　　101012006

網海遊蹤

作　　者 / 張如漢

圖文排版 / 邱瀞誼

封面設計 / 蔡瑋中

出 版 者 / 張如漢

234新北市永和區竹林路60之3號5F

電話：02-2929-1994

網址：http//tw.myblog.yahoo.com/hang654321

印製經銷 / 秀威資訊科技股份有限公司

114台北市內湖區瑞光路76巷65號1樓

電話：+886-2-2796-3638　傳真：+886-2-2796-1377

http://www.showwe.com.tw

出版日期：2012年7月POD一版

定價：320元